小学生成长必读系列

培养小学生好品德的
100个故事

总 主 编:滕　刚

本册主编:林卫萍

九 州 出 版 社
JIUZHOUPRESS ｜ 全国百佳图书出版单位

图书在版编目(CIP)数据

培养小学生好品德的 100 个故事/滕刚主编.—北京:九州出版社,2007.12(2021.7 重印)

("读·品·悟"小学生成长必读系列/滕刚主编)

ISBN 978-7-80195-749-8

Ⅰ.培… Ⅱ.滕… Ⅲ.儿童文学—故事—作品集—世界 Ⅳ.I18

中国版本图书馆 CIP 数据核字(2007)第 177261 号

培养小学生好品德的 100 个故事

作　　者	林卫萍　本册主编
出版发行	九州出版社
地　　址	北京市西城区阜外大街甲 35 号(100037)
发行电话	(010)68992190/3/5/6
网　　址	www.jiuzhoupress.com
电子信箱	jiuzhou@jiuzhoupress.com
印　　刷	北京一鑫印务有限责任公司
开　　本	710 毫米 × 1000 毫米　16 开
印　　张	10.5
字　　数	168 千字
版　　次	2008 年 1 月第 1 版
印　　次	2021 年 7 月第 11 次印刷
书　　号	ISBN 978-7-80195-749-8
定　　价	29.80 元

目录

第一辑 人性的善良——善良篇

　　拥抱善良,我们就会拥有一种美好的感觉,就会拥有一种亮丽的情怀;平凡的生命就会显得生动起来,普通的世界便会渲染出迷人的色彩。

　　善,是一种本能,而不是伟大的理想;善,也是奖赏,在为别人付出的同时,你已经不知不觉得到了上天的回报。

第二辑 物归原主——孝顺篇

　　乌鸦,一种通体漆黑、面貌丑陋的小鸟,一种因为不吉利而被人嫌弃的小鸟。但当母亲年老体衰,双目失明而飞不动的时候,它将觅来的食物喂到母亲的口中,回报母亲的养育之恩。

培养小学生好品德的100个故事·目录

小羊每次吃奶都是跪着。因为它知道妈妈的爱是无私的,跪着吃奶是感激妈妈的哺乳之恩。

连动物都懂得孝顺父母,万物之灵的人类更应该在行动中回报无私的亲情。

第三辑　爱孩子,就要闭一只眼——责任篇

在儿子四岁时,他养一盆吊兰。他精心照料了吊兰仅半个月,就忙于和其他小朋友做游戏,而把养花的事忘到脑后了。他妈妈看见后,想帮他浇水,却被我阻止了。等儿子想起他的吊兰的时候,吊兰已经枯死了。

儿子伤心地哭了。他体会到了缺乏责任心的后果。

父亲看似放任,不近人情;但真正爱孩子,有时就要闭一只眼。

第四辑 你是别人的一棵树——热心助人篇

一个盲人老太太需要在晚上工作,她身上常常挂着一盏灯,人们奇怪地问她为什么这样做,她说:"我这盏灯不是给自己看的,而是给路人看的,他们因为灯看清了路,我自己也不会因为黑暗而被别人撞到。"

上帝给了每一个人燃烧的机会,在你给别人温暖的同时,你自己也发出了耀眼的光辉!

第五辑 脚比路长——勤勉篇

每个人都知道,在茫茫的沙漠中就算有一片绿洲也是极其渺小的。然而在非洲,尼罗河竟能穿行几千米的沙漠地区并形成了一条长长的绿色走廊,创造了世

培养小学生好品德的100个故事·目录

界河流的一大奇迹。这是因为尼罗河从来没有停止过跋涉。

脚比路长,远方无论多远,就怕没有勤劳实干的双足抵达。

第六辑 柔软的伤害——体恤篇

如果不懂得体恤他人会怎样?这种人的人际关系将会严重受损。"穿别人的鞋"在西方是一句谚语,延伸的意思是你是否能够设身处地地替人着想。你是否拥有一种和他人共鸣相和的能力,一种能够体恤他人感情的能力。

理解他人,怀有一颗柔软体贴的心,你会发现你比任何时候都受欢迎。

培养小学生好品德的100个故事·目录

第七辑　后院为谁所有——自信篇

好莱坞的一位著名演员,在接受片约时,导演给他出了一个表演自信的考试题,让他在所有的参加竞选者面前表演一下自信。接到主题后,这位演员当即回头对身后的所有演员欢呼:"我被录取了!我被录取了!你们回去等下一次机会吧。"这位演员凭着自信,赢得了导演的片约。

一个人除非自己有信心,否则不能带给别人信心。昂起你的头来,自信地望着这个世界,你会发现天空的辽阔。

第八辑　他失明,他不失败——自强篇

这个世界没有绝对失败,只有暂时停止成功。编著《国语》的左丘明失明了,但他没有失败;贝多芬失聪了,但他没有失败。一个人最大的敌人就是你自己,如果你失去了生气,失去了野心和渴望,那你就真的失败了。

成功者永不放弃,放弃者决不成功。这就是成功的

培养小学生好品德的100个故事·目录

秘诀。你有见过放弃的成功者吗？你有见过哪一个坚持的人不成功吗？没有人能真正打败你，除非你自己先倒下了。

目录

培养小学生好品德的100个故事·目录

人性的善良——善良篇

拥抱善良,我们就会拥有一种美好的感觉,就会拥有一种亮丽的情怀;平凡的生命就会显得生动起来,普通的世界便会渲染出迷人的色彩。

善,是一种本能,而不是伟大的理想;善,也是奖赏,在为别人付出的同时,你已经不知不觉得到了上天的回报。

爱 在 深 山

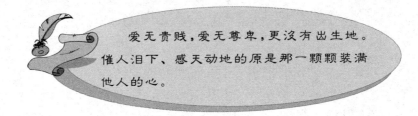

爱无贵贱,爱无尊卑,更没有出生地。催人泪下、感天动地的原是那一颗颗装满他人的心。

2006年7月中旬,湖南郴州受"碧利斯"台风影响,下了一场百年一遇的暴雨。洪水使十几万灾民无家可归,茫茫泽国随处可见的是转移的人群和呼救的声音。电视画面和收音机里每天都是洪水肆虐的镜头和报道。

这样的镜头,家住湖南省资兴市何家山乡百嘉村黄伏洞组的刘才通老人并没有看到。因为老人家里没有电,他甚至连煤油灯也不点,每天只用打火机点燃插在墙壁缝里的竹片照明。7月16日,他家的一间杂屋被大水冲倒,常年耕种的几分稻田也被泥石流淹埋了。老人一辈子没见过这阵势,心想:自己居住在半山腰,地势这么高都遭了洪水,方圆几百里的村庄一定成了海洋了,这么大的水,这么多的灾民没有了家,他们到哪儿藏身,吃什么呢?老人想,我得帮帮他们才好。

第二天,已经85岁的老人连夜用木槌在石缸里碾出50斤大米,装在两个编织袋里。屋子里的稻子堆成了山,但他只能碾这么多,再多就挑不出去了。7月18日天刚亮,老人就起床了。通向乡政府的水泥公路因为好几处山体滑坡被堵住了,他只能走山上的小路。而山上的小路也因为洪灾和泥石流的破坏,有些地段也被淹埋了。老人赤着脚,顶着烈日,趟着没膝的泥泞深一脚浅一脚地往山外赶,两个重重的编织袋在他跟跄的身影下晃荡着……4个多小时后,老人终于将粮食送到了 20 里路以外的乡政府。

大中午的时候,满头大汗的老人将两个编织袋的大米撂在乡政府办公室,说:"我要捐粮。我家有一万多斤粮食,你们快派人到我家去运吧。"

坐下来后,老人对乡政府工作人员说,他种了一亩多稻田,收成好的时候一年能收 1400 多斤粮食,这一万多斤粮食是他七八年间储存起来的,因为他怕自己哪一天干不动了,没有饭吃。好在,现在自己的身子骨还没什么大毛病,可以给受灾的人们先应应急,以后的口粮可以再慢慢积攒。

乡政府工作人员拗不住老人的执著,嘴上答应第二天派人去老人家里拉捐赠粮。

当天回家后,老人忙着用编织袋装了近 50 袋稻谷,家里所有的袋子都装满了,就等着乡政府派人来运。可他等了一天也没见到有人来。老人急了,7 月 20 日上午,他又来到乡政府。这次,他挑了 60 斤粮食,还把前几年养猪攒下的 1000 块养老钱捐了出来。

这次,他直接找到了乡长,说:"你们一定要想办法把这批谷子运过来。我老了,扛不动了,村里人又都在忙着抢救被水淹、被沙埋的稻谷和秧苗,不然,我就自己请劳力挑出来了。"

7 月 26 日,乡政府用铲车疏通公路后派车到老人家拉粮食。当大家看着码得整整齐齐的四五十包稻谷时,所有的人都忍不住掉眼泪:老人住的是几间土砖房、木板楼,堂屋作厨房,被熏得乌黑的堂屋楼板下挂着两块乌黑发亮的腊肉。一旁的邻居说,这是他女儿送来的,他一直舍不得吃。老人三个女儿都嫁到了很远的山外,身边唯一的儿子已经去世,他种田、种菜、养猪,很少在家歇着,而为了让粮食不生虫,老人种地很少用农药化肥,而且,他吃的都是旧粮,新粮全都存起来……

8 月 3 日,老人被请到电视台赈灾文艺晚会现场,在现场,他甚至连一句像样的话也没说出来,但他的故事却在主持人的讲述中,让在场的所有人和电视机前的我泪湿衣襟。

爱无贵贱,爱无尊卑,更没有出生地。催人泪下、感天动地的原是那一颗颗装满他人的心。

(粮晓燕)

品德悟语

> 大山不能阻挡爱心的传播,更阻挡不了一颗装满他人的心。只要你内心的善念足够强大,爱的暖流一定能翻越高山的重重拦阻。

人间最苦的盲道

> 尽管我的脚不认得那八道杠,但是,那硌脚的感觉瞬间就真切地从足底传到了心间。就让盲道宽敞地延伸吧!

同事夏老师正搬走学校门口一辆辆停放在人行道上的自行车,我走过去帮她一起搬。

我说:"车子放得这么乱,的确有碍校容。"她冲我笑了笑说:"那是次要的,主要是侵占了盲道。"我不好意思地红着脸说:"您瞧我,多无知。"

夏老师说:"其实,我也是从无知过来的。两年前,我女儿视力急剧下降,到医院一检查,医生说视网膜出了问题,要我有充分的心理准备。我没听懂,问要啥充分的心理准备。医生说,当然是失明了。我听了差点儿就昏过去。我央求医生说,我女儿才二十多岁呀,没了眼睛怎么行?医生啊,求求你,把我的眼睛挖出来给我女儿吧!那段时间,我真的是做好了把双眼捐给女儿的充分心理准备。为了让自己适应失明以后的生活,我开始闭着眼睛拖地擦桌,洗衣做饭。每当给学生辅导完晚自习课,我就闭上眼睛沿着盲道往家走。那盲道,也就两砖宽,砖上有八道杠。一开始,我走得磕磕绊绊的,脚说什么也踩不准那两块砖。在回家的路上,石头绊倒过我,车子碰伤过我,我多想睁开眼睛瞅瞅呀,可一想到有一天我将生活在彻底的黑暗里,就硬是不让自己睁眼。到后来,我在盲道上走熟了,脚竟认得了那八道杠!我真高兴,自己终于可以做个百分之百的盲人了!也就在这个时候,我女儿的眼病居然奇迹般的好了!一天晚上,我们一家人在街上散步,我让女儿解下她的围巾蒙住我的眼睛,我要给她和她爸表演一回走盲道。结果,我一直顺利地走到了家门口。解开围巾,看见走在后面的女儿和她爸都哭成了泪人儿……你说,在这一条盲道上,该发生过多少叫人流泪动心的故事啊!要是这条'人间最苦的盲道'连起码的畅通都不能保证,那不是咱明眼人的耻辱吗?"

听了夏老师讲述的故事,我开始深情地关注那条"人间最苦的盲道",国内的、国外的、江南的、塞北的……我向每一条畅通的盲道问好,我弯腰捡起盲道上硌脚的石子。有时候,我一个人走路,就跟自己说:"喂,闭上眼睛,你也试着走一回盲道吧。"尽管我的脚不认得那八道杠,但是,那硌脚的感觉瞬间就真切地从足底传到了心间。我明白,有一种挂念深深地嵌入了我的生命。就让盲道宽敞地延伸吧!

(林晓琴)

品德悟语

母亲是一株向日葵,当阳光照射过来时,会随着太阳的光线而转移。向日葵的移动并非因为它天生热爱阳光,而是怕它伤害藏在后面的脆弱花托。为了保护花托,向日葵不得不坚强乐观地面对生活。

第一辑 人性的善良——善良篇

生活对爱的最高奖赏

当你得到过别人爱的温暖，而生活让你懂得了把这温暖亮成火把，从而去照亮另外的人的时候，不要忘了，这就是生活对爱的最高奖赏。

　　一个鞋匠，在这条街的拐角处摆摊修鞋有好多个年头了。

　　有一年冬天，他正要收摊回家的时候，一转身，看到一个孩子在不远处站着。看上去，孩子冻得不轻，身子微蜷着，手已经冻裂了，耳朵通红通红的，眼睛直愣愣地盯着他，眼神呆滞而又茫然。

　　他把孩子领回家的那个晚上，老婆就和他怄了气。对于这样一个流浪的孩子，有谁愿意管呢？更何况，一家大大小小的几口人，吃饭已经是问题，再添一口人就更显困窘。他倒也不争执，低着头只是一句话："我看这孩子可怜。"然后便听凭老婆劈头盖脸地骂。

　　尽管这样，这孩子还是留了下来。鞋匠则一边在街上钉鞋，一边打听谁家走丢了孩子。

　　两年多的时间过去了，并没有人来认领这个孩子，孩子却长大了许多，懂事听话，而且也聪明。这家人逐渐喜欢上了这个孩子，家里即便拮据，也舍得拿出钱来，为孩子买穿的和玩的。街坊邻居都劝他们把孩子留下来，老婆也动了心思，有一天吃饭，她对鞋匠说："要不，咱们把他留下来。"鞋匠闷了半晌没说话，末了，把碗往桌上一丢："贴心贴肉，他父母快想疯了，你胡说什么。"

鞋匠还是四处打听，他一刻也没有放松对孩子父母的找寻。他央人写下好多的启事，然后不辞辛苦地贴到大街小巷。风刮雨淋之后，他就重新再来一遍。甚至一旦有熟人去外地，他也要让人家带上几份，帮他张贴。他找过报社，没有人愿意帮这个忙，电视台也没有帮助他的意思。他把该想的办法都想了，他心中只有一个念头：一定要找到孩子的父母。

终于有一天，孩子的父母寻到了这个地方。但只是说了几句感谢的话，就急匆匆地带着孩子走了。左右的人都骂孩子的父母没良心，鞋匠却没有计较多少。后来，一起摆摊的人都揶揄他，说他傻。他只是呵呵地笑，什么也不说。

生活好像真拿鞋匠开了玩笑，这之后便再没有了任何音信。后来，他搬离了那座小城，一家人掰着指头计算着孩子的岁数，希望长大了的孩子能够回来看看他，但是，也没有。再后来又数次搬家。然而直到他死，他也没有等到什么。

若干年后，有一个人因为帮助寻找失散的人而成了名，他在互联网上注册了一个关于寻人的免费网站。令人们惊奇的是，网站的名字竟然是鞋匠的名字。在网站显要的位置上，是网站创始人的"寻人启事"，而他要寻找的，就是很多年以前，曾经给过流落在街头的他无限爱和帮助的一个鞋匠。

网站主页上，滚动着这样一句耐人寻味的话：当你得到过别人爱的温暖，而生活让你懂得了把这温暖亮成火把，从而去照亮另外的人的时候，不要忘了，这就是生活对爱的最高奖赏。

（马　德）

品德悟语

　　天空用雨水赐予了大海生命的源泉，大海报答天空最好的方法，是用天空赐予的胸怀承载更多的生命，是用感恩的心去孕育更精彩的生命。

珍　惜

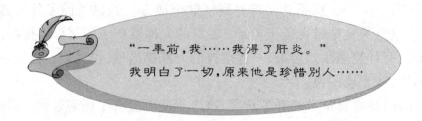

"一年前，我……我得了肝炎。"

我明白了一切，原来他是珍惜别人……

　　就像珍惜那条樱花筒裙一样，我也十分珍惜我们鲜奶甜品店里精美的餐具。每晚关店后，我都要把那些客人喝过的碗仔细地洗干净，再放到消毒柜里去高温消毒。

　　可是，在我接待的顾客中，有一位老人似乎更珍惜自己那个断了把的瓷杯。每天，他都早早地来，小心翼翼地将杯伸过来等我盛奶。我怕热奶不小心流出来烫着他的手，几次想把杯子接过，都被他执拗地拒绝了。

　　唉，这个怪老头，简直干净到家了！莫非嫌这里的碗筷不干净？莫非怕我手上有致癌物，玷污了残破不全的杯体？为了回答他的这种执拗，我故意将消毒干净的碗拨弄得丁当响，然而对于这个古怪老头，这种努力都是徒劳的。

　　这样过了半年。一天清早，老人照旧买了一杯热奶，一个果子面包，颤颤巍巍地端到临窗的一张圆桌上，又转身去买香烟。突然，"啪"的一声，杯子被一个毛头小伙儿碰落了，摔了个粉碎！

　　这一响非同小可，不仅是那个小伙子，店里所有的顾客都紧张起来。小伙子也是常客，见老头的"宝贝"杯子化为乌有，知道闯了大祸，吓得脸色煞白，慌乱地一边掏钱，一边紧赔不是："大爷，真对不起，我急着赶早班，却闯下……我再给您买一碗，杯子的价码另说！"

　　出人意料的是，餐厅里神色最平静的却是杯子的主人。

"小伙子,摔了就算了,"老人望望脚下的碎片,缓缓地说,"家里还有,我再去拿一个。"

说罢,老人就要走,我激动地疾步上前拦住。特意从消毒柜里拿出一个碗,满满地盛上奶端到他面前,诚心实意地解释:"大爷,我们这碗一泡二洗三消毒,您就放心地用吧。"

老人没有接,沉默了良久,突然用商量的口吻说:"姑娘,要不,我连这碗一起买下来吧。"

"为啥?"我瞪大了眼睛。

"一年前,我……我得了肝炎。"

我明白了一切,原来他是珍惜别人……

(利芬萍)

珍惜可以解释为把某一样东西当做珍宝,倍加爱惜。什么是最值得爱惜的珍宝?人类晶莹的善良、柔软的体贴就是我们需要用一生爱惜的珍宝。

佛　　心

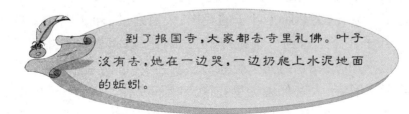

到了报国寺,大家都去寺里礼佛。叶子没有去,她在一边哭,一边扔爬上水泥地面的蚯蚓。

初秋时分,我与几个新结识的朋友一道乘一辆小面包车去游览峨眉山。

一个叫叶子的小女孩,很快就成了车上的中心人物。5岁的叶子居然可以声情并茂地背诵李清照的那首《声声慢》。她妈妈让她再背一首苏轼的《念奴娇·赤壁怀古》,叶子说:"我没情绪背这首词。"大家哄笑起来。

　　过了一会儿,叶子蹭到司机跟前,小声问他:"叔叔,后面那只小猴是你的吗?"大家见他这样问,便都回头去看——在后窗的一边,悬着一只小布猴,身体随着车身的晃动来回摆个不停。司机说:"喜欢吗?喜欢就送给你。"叶子连忙摆手说:"叔叔,我不想要你的小猴子,我只想动动它。"司机笑了笑说:"动吧,我批准了。"叶子爬上后座,摘下小猴子,让它"坐"在后排的椅背上,说:"好了,坐着它就不会累了。"

　　安顿好了小猴子,叶子又蹭到司机跟前,疑惑地指着汽车挡风玻璃上的一片片斑迹问:"叔叔,你的汽车玻璃是不是该擦了?"司机打开喷水装置和雨刮,很快就把玻璃上的污物清理干净了。但是,刚开了一小段路,玻璃上面就又污渍斑斑了。叶子问司机怎么这么快就脏了,司机说那不是脏,是车开得太快,一些飞行的小昆虫撞死在玻璃上了。叶子"啊"了一声,这时候,一个知了撞在玻璃上,飞行的生命,顿时变成了一摊红红黄黄的污迹,叶子看呆了。她带着哭腔央求司机说:"叔叔,你开慢点儿吧,别撞死这些小虫子。"

　　中午的时候,我们到了峨眉山报国寺下面的停车场。大家徒步往寺院方向走。这时,一位老先生不解地问导游:"地上怎么这么多一截一截的电线啊?"导游笑着说:"您真有想象力,这可是晒死的蚯蚓!这里的蚯蚓特别多,也特别粗。这么毒的太阳,它们爬到水泥地面上来,还不很快就给晒成'电线'了?"大家听罢都大笑起来。

　　过了一会儿,突然听见叶子的哭声,大家跑过去惊问原委。叶子妈妈说:"叶子在路上看到一条蚯蚓,怕它晒死,就勇敢地把蚯蚓扔进草地里。但不知怎么的,扔完了蚯蚓自己就哭了,可能是吓的吧。"

　　到了报国寺,大家都去寺里礼佛。叶子没有去,她在一边哭,一边扔爬上水泥地面的蚯蚓。我也没有去,我的那颗虔诚的心不由朝向了小小的叶子。

(张丽钧)

孩子能因为不忍心看到小鱼和妈妈分别，而从此不再吃鱼；能看到电视里的非洲孩子挨饿的情景后，而愿意把最喜欢吃的牛肉寄给非洲的孩子。每个孩子都是善良的，都有着纯洁无瑕的心灵。

盗　马

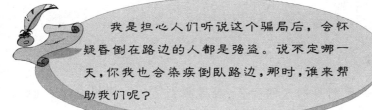

我是担心人们听说这个骗局后，会怀疑昏倒在路边的人都是强盗。说不定哪一天，你我也会染疾倒卧路边，那时，谁来帮助我们呢？

巴格达的哈里发阿尔马蒙有匹千里马。一个叫奥玛的商人路过巴格达，他看到阿尔马蒙的马，羡慕不已，提出用 10 个金币来换，但阿尔马蒙说就是有 100 个金币，他也不换。奥玛恼羞成怒，决定用诡计把千里马抢到手。

奥玛打探到阿尔马蒙每天独自遛马的路线，就选了一个离城门最远、人迹罕至的地方，乔装成病重的流浪汉，躺在路旁。果然，善良的阿尔马蒙看到有人病倒在野外，赶紧把他扶上千里马，打算带他进城治病。奥玛装作有气无力的样子指了指地上的包袱，阿尔马蒙把他的包袱拾起来系在马背上。奥玛又指了指远处的一根木棍，阿尔马蒙以为这是流浪汉的拐棍，忙转身去捡。奥玛趁机夺过缰绳，纵马往相反的方向奔去。

卫兵和行人都没有听到阿尔马蒙的叫声，他跟在马后追了很久，终于跑不动了。奥玛知道奸计得逞，便想奚落奚落阿尔马蒙。他勒住马，得意洋洋地对阿尔马蒙喊："你丢了千里马，连一个铜子儿也没得到，都是因为你太慈悲了。你还有什么要说的？"

"马可以归你，但我有个要求，"阿尔马蒙大声说，"别告诉人们你骗千里马的方法。"

奥玛哈哈大笑说："原来哈里发也怕别人嘲笑！"

"不，"阿尔马蒙喘着粗气回答，"我是担心人们听说这个骗局后，会怀疑昏倒在路边的人都是强盗。说不定哪一天，你我也会染疾倒卧路边，那时，谁来帮助我们呢？"

听了这话，奥玛一声不响地掉转马头，奔回阿尔马蒙身边，含泪求他宽恕自己的罪过。阿尔马蒙不计前嫌，请奥玛回王宫，像贵宾一样招待他，两人结下了深厚的友谊。奥玛后来成了巴格达历史上最受人爱戴的大法官之一。

品德悟语

> 不要利用别人的善良，去欺骗别人。如果欺骗善良的小聪明到处横行，善良可能会因此绝迹。当我们处于困境之中，需要别人伸出援手的时候，你会发现得到别人的帮助是多么令人愉悦的一件事啊！

甘甜的不只是井水

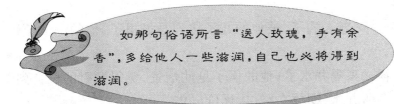

如那句俗语所言"送人玫瑰，手有余香"，多给他人一些滋润，自己必将得到滋润。

在通往某旅游区的路旁，住着一位心地善良的老人。老人有一口井，据说打到了泉眼上，因而不仅水量充裕，而且特别地清澈、甘甜，来往的过路人喝一口他的井水，总忍不住要喝第二口。

在旅游的旺季，那些来自远方城市的大小车辆，总会在老人的小屋前停下来。那些游客中偶有一人喝了老人的井水，总会惊讶地大声地呼唤同伴快来品尝。

于是，众人就拥到老人的井旁，痛快地喝着井水，不住地赞叹，说那井水比他们随身携带的高级饮料还好喝，有的游客干脆倒了饮料，灌上井水；有觉得不过瘾时，就向老人借个壶装上满满的一壶井水，带在身上。

老人看着那些城里人畅快地饮着井水，听着不绝于耳的赞美，心里美滋滋的，嘴里不断地让着："好喝，就多喝点儿，这井水喝不坏肚子，还治病呢。"

看老人如此热情，又听说井水还能治病，游客们喝得更来劲儿了。有不少人临走时，还没忘了用大壶小桶装得满满的，说带回去给家里人尝尝。

游客中有人就嬉笑说："老人家，喝你的井水，你应该收费啊。"

老人就摇头："喝点儿水，还收什么费呢？愿意喝，你们就管够喝。"

看到老人如此慷慨，很多游客就把身上带的好吃的、好喝的，争着、抢着往老人手里塞，说让老人品尝品尝他可能没吃过的城里带来的东西。

老人一再推让不得，就像欠了游客许多似的，忙着跑到园子里，摘些新鲜的瓜果塞到大家兜里，看着他们高高兴兴地吃着、喝着，他也兴奋得跟过年似的。

就这样，不知不觉过了好几年，老人和他的那口井不知接待了多少游客。

有一年，老人病了，被他的儿子接到县城里了，他的一个侄子来替他看屋。

游客又来喝井水了，他的侄子见此情景，觉得发财的机会到了，就灌了许多瓶井水，摆放在路口，标价出售。

奇怪的是，竟没人问津。

老人的侄子就埋怨：这些城里人真抠，光想不花钱喝水。游客们则议论纷纷：井水都拿来卖钱了，这人挣钱也真是挣绝了，再说他那瓶子干净吗？水里放别的东西了没有？……

于是，老人的小屋前，再没了往年热闹的场面，人们下车也只是方便方便，没人去讨水喝，更没有人给老人的侄子送东西了。似乎人们忘了或根本不知道眼前还有一口清泉，那清澈、甘甜的井水，足以让人陶醉。

老人病好归来后，又开始免费供应井水，游客前来喝水的又渐渐地多了起来，游客们纷纷地给老人带来很多物品，有的还很贵重，老人推都推不掉，还有不少人真诚地邀请老人去城里做客……

道理就这么简单：一样清澈、甘甜的井水，慷慨地馈赠，得到的是真诚的感激和酬谢，而一味地贪图回报，则收到的是无端的怀疑和必然的冷落。如那句俗语所言"送人玫瑰，手有余香"，多给他人一些滋润，自己也必将得到滋润。

（崔修建）

甘甜的不只是井水，还有慷慨真诚的心灵。井水能洗干净

脸上的灰尘,消解口渴;慷慨真诚的心灵,能拂去人们心灵的
灰尘和污垢,解除心灵的困惑。

暖心的故事

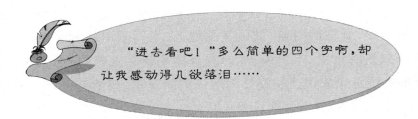

"进去看吧!"多么简单的四个字啊,却让我感动得几欲落泪……

上一个最喜欢的 BBS 论坛,读到名叫"真心小骗子"的网友的一个帖子,感动莫名。回到家,我居然从父亲那里讨要了一杯白酒,一饮而尽。父亲说:"心情不赖呀?"我说:"是啊,因为我看了一个好看的帖子。"

那帖子是这样的:

那天我在阅览室随意翻看杂志,见一个人径直走进来,被管理员叫住:"登记名字和卡号!"那人停住,有点儿不知所措:"我没有卡号。""是这个学校的吗?"管理员没有抬头,只是继续着手上的活。"不是。""哪儿的?""工地上的。"管理员顿了一下,抬起头,看着这个陌生的来客,问道:"哪儿的工地?""就是……学校操场后面的那个。"低沉的声音有些不自信。沉默了 3 秒钟……等待中,听到管理员缓缓地,却是很肯定地说:"进去看吧。"

首先,我将自己想成了那个唐突地闯进学校阅览室的农民工——"我"每天拼死干活,臭汗是我永难更改的名片。我走在知识的圣殿里,却没有足够的勇气与那些"天之骄子"们对视。我渴望坐在阅览室里与

那些同龄人为伍，畅饮知识的乳汁，但是，我难以迈出这至关重要的一步。我没有学生证，也没有"卡号"，我所有的，是一颗渴求知识的心。我来了，却长久地在阅览室的门口徘徊。带着被拒绝的惶恐，我终于走进了那道门……"进去看吧！"多么简单的四个字啊，却让我感动得几欲落泪……

然后，我将自己想成了那个打破了规则的阅览室管理员——每天，"我"只认卡号不认人，多少没有卡号的男生女生被我无情地拒之门外。我尽职地看守着我的那些书和杂志，只让应该享用它们的人来享用。但是，当我看到一个衣衫褴褛的农民工出现在阅览室门口，当他嗫嚅地说自己没有卡号时，我的心顿时就被揪紧了。我看到他们每天辛苦地劳作，开饭的时候，就蹲在工地上，用筷子串起三四个馒头，吃着缺油少盐的素菜，不用说，他们的身体是缺乏营养的，那么，他们的心灵呢？当这个农民工畏畏缩缩地来到阅览室，想给自己贫乏的心灵补给一点儿营养时，我又怎能忍心拒绝？

接着，我将自己想成了这个暖心故事的原创者，继而又将自己想成了这个暖心故事的转帖者。我感动在自己的感动中，不能自拔。我知道，其实，我只是这个故事一个多情的阅读者。还是那个"真心小骗子"说得好，他说："人呢，只有三样东西是真正属于自己的：自己的死亡，自己的痛苦，自己的瞬间——瞬间的感动，瞬间的快感……"是啊，瞬间的感动与阅读的快感是这样真切地包围着我，让我比饮酒更沉醉。

所以，请允许我说——我爱那个在艰难的生活夹缝中渴求知识的农民工，我爱那个在沉默了3秒钟之后就做出了正确决定的管理员，我爱所有爱上这个暖心故事的多情人……

（张丽钧）

品德悟语

天使住在天堂，所以她们只会俯下身躯帮助别人；人住在地上，所以他们只会高傲地昂着头。

不会因为别人地位不高，而拒绝别人，反而俯下身躯体贴别人，这就是天使善良的本性。

飓风中的两个瞬间

每场灾难都是对人类的严峻考验，就在这些考验中，我们会看到最光芒四射、最铿锵峻拔的美丽人性。

2005 年 8 月 29 日，飓风"卡特里娜"把美国墨西哥湾沿岸的 4 个州变成了人间地狱，遭飓风袭击最严重的密西西比州 90%的建筑已"完全消失"。飓风虽狰狞可怕，但人们的爱并没有退缩，爱心与奉献在这场灾难中演绎着一段段可歌可泣的故事。

飓风袭来时，有 6 个人刚刚从密西西比州首府杰克逊市的一个法院里走出来，他们是刚刚对簿公堂的原告和被告，为避灾难，他们情急之下不约而同地就近躲在一个立交桥的桥墩下，当时的风力达到十二级，连小汽车也被刮得颤动。凭靠着光秃没有把手的桥墩的 6 个人，随时都有被刮跑的危险。怎么办？危急时刻，一个声音突然喊道，快把手拉在一起，喊声让人们恍然大悟，他们抛却了所有的恩仇与芥蒂，围抱着桥墩把手紧紧拉在一起，那一刻，他们感到别人的手对自己是那么重要。结果，飓风也对这同心连手的 6 个人无可奈何，6 个人逃过了一劫。

强烈飓风也使洪水泛滥成灾，路易斯安那州首府新奥尔良市由于地势低于海平面，80%的城区都被洪水淹没，有 8 个市民在洪水泛滥时坐到一条小船上逃生。但小船还没有走多远，就因为负载太重，在水里直打转，并慢慢下沉，眼看着一船人就要葬身水底。

就在这时，一位体态较胖的中年男子站起未说："让我跳下去，大家就得救了！"听了他的话，其他的几个人也纷纷要跳下去，以把生还的希望让给别人。但中年人向他们大声说，谁也别争，跳下去的必须是我，因为我是所有人里最重的。说完，他就跳下去了。小船停止了打转并开始上浮，船上的其他人眼看着这个不知姓名的人被洪水吞没，都失声痛哭起来。

……

这是美国有史以来遭遇的最大的飓风。不可否认，灾难常常令人类狼狈不堪，灾难常会带来惨绝人寰的毁灭，但每场灾难都是对人类的严峻考验，就在这些考验中，我们会看到最光芒四射、最铿锵峻拔的美丽人性。

(感　动)

品德悟语

　　一个停电的夜晚，在地铁的隧道里，人们手拉着手，蜿蜒着向出口前进。或许我们手边没有灯，但我们身边有他人，在黑暗中，在苦难中，我们可以彼此依偎，彼此为灯，照亮共同的道路。

美丽的心灵

同学们，你们都有各方面的才华，艾珂同学却没有，可是她有一颗美丽的心，美丽的心灵也是特长啊！

有个女孩长得很平凡，学习也很一般，歌唱得也不好，更不会跳舞。她经常看着镜子中的自己叹息,恨上天对自己的不公平。升入中学后她更加沉默,看着别的同学又唱又跳,口才也那么好,她总是躲在角落里用自卑把一颗心紧紧地困围住。

她学习很努力,成绩却很一般,为此她不知偷偷哭过多少次。班上的同学没有人注意她,下课时别人都去操场上玩儿了,她便去把黑板擦得干干净净,把地面扫得纤尘不染。夏天时,她细心地在地上洒上水;冬天时,她把门口和教室里大家带进来的雪扫净,免得同学们进来时滑倒。没有人注意到她所做的一切,她也不想让别人知道,只是觉得自己应该这么做。

可是有一次同学们却都注意到了她。那天她迟到了,当她来到班级时,班主任的课已讲了一半。当她怯生生地喊了一声"报告"走进教室,同学们的目光都投到了她身上,随即教室里响起了一阵笑声。原来她的衣服很零乱,头发也梳得不整齐,一看就知道是起晚了胡乱穿上衣服就赶来了。她低着头站在那里眼泪都快流出来了,班主任老师走过去帮她整了整衣服,微笑着说:"快回到座位去吧,课已讲了一半了,如果听不明白下课后找我。"她回到座位上,脸红红的。

有一次开班会,老师让大家说一下自己的特长。于是每个人都兴奋起来,轮流发言,有的唱歌好,有的跳舞好,有的会书法,有的能画画,有的会弹钢琴。她坐在那里静静地听着,脸上带着羡慕的微笑。忽然,老师叫了她的名字,她一惊,红着脸站起来小声说:"老师,我没有特长。"老师走到她的身旁,轻轻地抚了抚她的头,对大家说:"你们也许不会注意到,平时是谁在课间把地面扫得干干净净,是谁每天早早地来到教室把每张书桌擦得一尘不染。这就是艾珂同学,她一直默默地做着这一切。有一次她迟到了,你们还嘲笑她,你们知道那次她为什么迟到吗?她帮一位老大妈把一袋大米搬上了四楼啊!你们一定奇怪我是怎么知道的,那个老大妈就是我的邻居啊!同学们,你们都有各方面的才华,艾珂同学却没有,可是她有一颗美丽的心,美丽的心灵也是特长啊!"教室里响起了一片热烈的掌声,大家第一次发现,这个平时没人注意的女孩原来竟是这样美丽。

如果你没有出众的容貌,美丽的心灵会让你同样出色;如果你有

美丽的容颜,善良的心能让你锦上添花。美丽的心灵是任何东西都无法取代的特长,所以平凡的你不要再去自卑,你的特长会映亮你生命中的所有黯淡岁月。拥有一颗美丽的心,就一定会拥有一个无怨无悔的青春!

(包利民)

品德悟语

　　　美丽的心灵是最高贵的特长，它是任何东西都无法取代的；美丽的心灵也是最普通的特长，只要你心中装着他人，只要你愿意作出哪怕是微小的贡献，你就能拥有美丽的特长。

物归原主——孝顺篇

乌鸦,一种通体潦黑、面貌丑陋的小鸟,一种因为不吉利而被人嫌弃的小鸟。但当母亲年老体衰,双目失明而飞不动的时候,它将觅来的食物喂到母亲的口中,回报母亲的养育之恩。

小羊每次吃奶都是跪着。因为它知道妈妈的爱是无私的,跪着吃奶是感激妈妈的哺乳之恩。

连动物都懂得孝顺父母,万物之灵的人类更应该在行动中回报无私的亲情。

祝你生日快乐

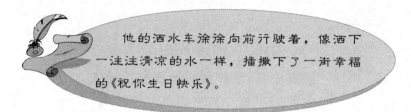

他的洒水车涂涂向前行驶着，像洒下一注注清凉的水一样，播撒下了一街幸福的《祝你生日快乐》。

　　那是一个阴冷的清晨，街上的行人不多，他驾驶着洒水车，在小城的街道上忙碌地洒水。他想早早地将第一条街道都洒完水，因为，今天是他12岁女儿的生日，他还要到水产品市场上去买鱼买肉，到农贸市场上去买一些青菜，还要赶在11点之前去蛋糕店，取回他昨天就给女儿订做的生日蛋糕。女儿是很喜欢大蛋糕的，喜欢插上七彩的蜡烛，在烛光摇曳中嘟起她的小嘴，轻轻地吹灭那些象征她自己年龄的小蜡烛，当然，客人中会有女儿的几个小同学，她们都是她最要好的朋友。女儿说："爸，别看你是驾洒水车的，可我知道你其实就是一个环卫工人，我的生日，咱就不去什么大酒店、海鲜楼了，节俭一点儿，做几个菜，买上一个大蛋糕在家里过就行。"他真为女儿的懂事高兴。他想，自己把这最后的几条街道洒完，就骑上车去买菜，去蛋糕店取蛋糕。

　　他的洒水车有十几种音乐，平常的时候，他会一盘一盘地换磁带，让不同街段上的市民们听到不同旋律的音乐，可今天不同，今天是自己女儿12岁的生日，他要一路上都放那曲《祝你生日快乐》，他要把女儿生日的快乐洒到这个小城的每一条街上和路上，让整个小城都沉浸在女儿的生日快乐中。要知道，自己只是一个普通的洒水车司机，能给女儿一个意外惊喜的，也许就只有这一点点便利了。

他合着节拍轻哼着《祝你生日快乐》洒到一条街道时,一个小男孩突然拦住了他的洒水车,任凭他怎样示意,那个小男孩还是一点儿都没有让开的意思。那是一个只有六七岁的小男孩,衣衫褴褛,一只脚穿着鞋子,而另一只小脚丫赤裸着,小男孩的小脸上浮着一层灰灰的煤灰,只有小小的牙齿和瞳孔闪烁白色。他放慢了本来就十分徐缓的车速,隔着驾驶窗的玻璃,再三微笑着让小男孩让开,但小男孩就像没有看见似的,只是向他洒水车驶过的那条街上张望着。这时,街道两旁的行人们都停下脚步,好奇地望着他的洒水车和那个拦车的小男孩。

他停下车来,但他并没有关上车上的音乐,《祝你生日快乐》的旋律仍然在徐徐地飘荡着。他跳下驾驶舱,快步走到小男孩的身边,他想这个小家伙或许是个聋子,什么都听不见呢。他走到小男孩的身边,弯下腰去,摸着小男孩的头顶笑眯眯地说:"小家伙,到一边去,叔叔还要洒水呢。"

小男孩看了看他,又朝远处张望了一下,恳求地说:"叔叔,你能再稍等一会儿吗? 我已经追着你的洒水车跑了两个街区了。"

"追洒水车干什么呢?"他问还不停喘着粗气的小男孩。小男孩说:"叔叔,洒水车的音乐真好听,是《祝你生日快乐》。"他笑了说:"就是为了追着音乐听吗?"小男孩点了点头,又很快摇摇头说:"是为让我妈妈听的,叔叔你知道吗,今天是我妈妈的生日! 可我没有什么礼物送给她,我就想送给她这一首音乐,我知道的,许多人过生日都放这一首歌。"小男孩又瞪着他又黑又亮的小眼睛恳求他说:"叔叔,能请你再等一会儿吗? 我想我妈妈马上就赶上来了。"

送给妈妈一首《祝你生日快乐》?他望着眼前这个汗津津的小男孩,一股热热的东西在心里汹涌上来。他想起自己还要去买鱼买肉,还要去蛋糕店取生日蛋糕,但他还是微笑着对热切地望着自己的小男孩说:"小家伙,祝你妈妈生日快乐!"小男孩听他答应了,高兴极了。

一会儿,他果然看见了一个妇女向这边匆匆跑来,近了的时候,他看见那妇女的衣服很褴褛,在风中跑着的时候,她身上被风扬起的布片像一面面小旗。他微笑着对那妇女说:"祝你生日快乐!"

妇女惊愕了,但转瞬就满脸幸福地紧紧搂住那个小男孩笑了。他跑向驾驶室,把音量开得更大些,顿时,满街都是《祝你生日快乐》的幸福旋律。

他走到街边的小商店的公用电话亭边,打电话告诉妻子说,自己现在有一件十分重要的事情耽误一下,让她代他去买菜和蛋糕。商店的老板问:"那小男孩拦你的洒水车干什么?"他说:"小男孩的妈妈过生日,小家伙没有什么礼物,他要送给妈妈这首《祝你生日快乐》。"

"哦?"店老板顿然呆了,但马上跟他热情地说:"太谢谢你了!"似乎那个男孩就像是店老板的孩子。

当他驾上洒水车走的时候,街两边许多卖音响的商店里都飘起了和他的洒水车放的同一首歌《祝你生日快乐》。他的眼湿湿的,他听见,似乎街边的许多地方,都在播放《祝你生日快乐》,仿佛今天整个小城都在祝福生日。女儿今天肯定会接受这个意外的生日礼物的,这是一件多么让人一生难以忘怀的礼物啊。他的洒水车徐徐向前行驶着,像洒下一注注清凉的水一样,播撒下了一街幸福的《祝你生日快乐》。

他觉得,这是全世界最动听、最迷人的旋律。

(李雪峰)

品德悟语

献给父母的礼物不一定要很值钱,只要里面包含你的孝顺之心,只要你真的感谢你的父母,即使只是单纯的家务劳动,只是简单的歌曲,你的父母都能绽放欣慰的笑容。

撑 开 幸 福

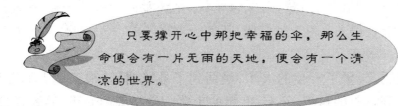

只要撑开心中那把幸福的伞，那么生命便会有一片无雨的天地，便会有一个清凉的世界。

　　她来自极遥远的一个农村,在这所大学里,也应该是最贫困的学生了。她的家乡极偏僻,离最近的县城也有 100 多公里,因为土地贫瘠而稀少,那里的人们都相当穷。而她家却比别人家更为困难,因为要供一个孩子上学。所有的经济来源就是那几亩薄地和院子里的十几只鸡了。

　　上大学后,她的家更为窘迫,可即便如此,父母还是极力地支持她上学。她在高考之前从没去过城市,高中是在镇里读的,在县城参加高考时,她被城市的一切所震惊了。而来到省城上大学,在这座现代化大都市中的所见,让她觉得县城就像农村一样。说实话,虽然父母每日为了她而辛勤劳作,可她却并没有多少感恩之情,甚至还有一丝埋怨,更谈不上什么幸福了。对贫穷的憎恶,使得她对自己的父母和家庭也有了浅浅的厌倦。

　　有一天和同学在街上闲逛,当时正是盛夏,太阳毒辣地在头顶悬着。忽然她就惊奇地发现,许多人都撑着伞在行走。她从没见过现实中的雨伞,只在村长家的电视中看见过。于是她问同学:"没下雨她们打着伞干什么?"同学惊奇地看着她说:"遮挡阳光啊!"她的脸立刻红了。从那以后,再遇见自己感到奇怪之事,她绝不再问别人。

　　只是,那些伞一直在心里飘啊飘的,挥之不去。她想到了自己的家乡,那里的人连一件塑料雨衣都没有,而那里的夏天总是大雨滂沱,晴天时更是炎热无比。父母总是在大雨中去田里干活,把那些秧苗及时地扶正,更多的时候,是在烈日下劳作。她想起了父亲肩上晒脱的一层又一层的皮,和母亲红肿的后背。要是有把伞就好了,父母就可以不怕日晒雨淋了。第一次,她的心中涌起了对父母的心痛之情。

　　她去商店看过,一把最普通的伞也要10元钱。10元钱,对于她来说是近一个月的生活费,对父母来说,是在暴雨烈日下劳动不知多少时日才能换得的。她开始攒钱,在暑假来临之前,终于拥有了一把淡蓝色的伞。

　　放假了,坐了一夜的火车,她回到了县城,又转乘去镇上的客车。从镇上到自己的村子,还有30里的土路。她在太阳底下,紧紧地攥着那把伞,却舍不得把它撑开,尽管阳光晒得身上火辣辣地疼。离村子还有十里路的时候,天色突变,一会儿工夫便下起大雨来,她一下便被淋透了。可她依然没有撑开伞,她要把这把伞的第一次让父母去体验。

　　快到村子时,她没有回家,直接向自家的田里走去,她知道父母此刻一定在田里干活。当父母的身影隔着雨幕映入眼帘,她喊了一声,跑过去,浑然不顾泥水溅在身上。父母见到她,很惊喜的表情,说:"这么大的雨,咋不直接回家?"她把伞撑开,举到父母的头顶,伞下立刻便出现了一个无雨的空间。父母高兴地说:"这玩意儿真好,雨浇不着了!"她看着父母满足的神情,心底柔柔地痛。

　　回去的路上,雨过天晴,太阳的威力再度显现出来。她仍把伞举在父母的头顶,阳光便一下子被赶跑了。父母的惊喜更增了一层,没想到这样一把伞,居然有这么大的作用。

　　生长了近二十年,她第一次有了幸福的感觉,而这份幸福,是在父母沧桑的笑纹中找到的。她忽然明白,幸福一直都在,只是她没有像撑伞一样把它撑开,而是一直都收敛在心底。

　　是啊,只要撑开心中那把幸福的伞,那么生命便会有一片无雨的天地,便会有一个清凉的世界。

(包利民)

　　用碟子盖住,美食的香味无法发散;把房门关紧,鲜花的馨香不能弥漫;把幸福藏于心底,幸福的感觉也会黯淡。微微张开双臂,把幸福传递出去,你会发现原来幸福就在面前。

最美的声音

大爱无言,而那份无言的爱,就是人世间最美的声音。

　　大学时同寝室有一个家住哈尔滨的同学,他从不给家里打电话。问他,他说家里没有电话,写信就可以了。我们有些奇怪:他家住大城市,生活条件也不错,家里怎么不安电话呢?

　　那次暑假回来后,他每天晚上都躲在被窝里听一盘从家带来的磁带,有几次还哭出了声。我们提出借他的磁带听一听,他说什么也不肯。有一天趁他不在,我们从他枕头下翻出了那盘磁带,放在录音机里听,好久也没听到声音。我们很是纳闷儿:他每天晚上听这盘空白带干什么呢?

　　快毕业时,他才告诉我们原因。原来他的父母都是聋哑人,为了生活,他们吃尽了苦也受尽了别人的白眼冷遇。为了他能好好上学读书,父母的心都放在他身上,给他创造最好的条件,从不让他受一点儿委屈。后来日子好了,他却要离开父母去远方上大学。他说:“我时

常想念家中的爸爸妈妈,是他们用无言的爱塑造了我的今天。那次暑假回家,我录下了他们呼吸的声音,每天晚上听着,感觉父母好像在身边一样。"

我们的心灵被深深震撼了。亲情是世界上最灿烂的阳光。无论我们走出多远,飞得多高,父母的目光都在我们的背后,我们永远是他们心中最最牵挂的孩子。大爱无言,而那份无言的爱,就是人世间最美的声音。

(包利民)

品德悟语

沉默是聋哑父母最美的声音是沉默,无言的行动是他们最大的关怀。父母的关怀总是悄无声息,我们只能从一个温暖的眼神、一句简单的唠叨中深深体会父母那厚重的爱。

母爱的种子没有发芽

要让孩子长大以后爱祖国、爱人民、爱世界,就必须让孩子从爱母亲开始,就必须让母爱的种子早日发芽、成长、开花、结果。

前不久,在北京市怀柔区进行了一次关于亲子教育的试验。试验是这样进行的:

在正式开始之前,主持人让所有的孩子和妈妈都戴上了眼罩。然后,让所有的孩子在黑暗中通过触摸每个妈妈的手来找出自己的妈妈。结果,有 5 个孩子没有找到自己的妈妈。当他们把眼罩摘掉后,这些妈妈和孩子都情不自禁地哭了。

后来,经过深入了解得知,就是那些找到自己妈妈的孩子,几乎都是妈妈首先感觉到是自己孩子的手,然后通过暗示帮助他们做到的。严格地说,没有一个孩子能通过触摸找到自己的妈妈。

试验并没有到此为止,而是继续进行。主持人让孩子和妈妈又都戴上了眼罩,然后,让所有的妈妈在黑暗中通过触摸每个孩子的手来找出自己的孩子。结果,所有的妈妈都认出了自己的孩子。

大家不禁要问:为什么孩子不能顺利地找到自己的妈妈,而妈妈却都能顺利地找到自己的孩子呢?

亲子教育试验结果公布后,媒体就这个问题展开了讨论。不少人踊跃参加,畅所欲言,各抒己见。

亲子训练营的首席导师孙女士指出:"这个试验暴露出家庭教育中爱的失衡,孩子只知道接受爱,不知道感受爱,也不会付出爱,从而成了无法感受爱的精神残疾,这样的家庭教育是有缺憾的。"

一位参与试验的白领母亲承认:"尽管母爱是人世间最神圣的感情,是既纯洁又美丽的感情,是不求索取和报答的爱,但非常遗憾,我们这些人的母爱,就像播种在孩子心田里没有发芽的种子。"

一位农民母亲说:"母爱的种子不怕埋没,就怕腐烂。长期被埋没的种子,不仅不能发芽,而且最后势必会腐烂。"

一位下了岗的工人母亲十分悲痛地说:"孩子小还情有可原,要是大了之后还不懂得爱和尽孝,那就太可怕了。邻居家的一位父亲为了给上大学的孩子交学费,每年都卖血。可孩子却不好好学习,拿父亲卖血的钱去上网玩游戏。"

一位教育专家说:"谁不会爱,谁就不能理解生活。母亲是孩子未来命运的创造者,要让孩子长大以后爱祖国、爱人民、爱世界,就必须让孩子从爱母亲开始,就必须让母爱的种子早日发芽、成长、开花、结果。"

(蒋光宇)

把一个苹果分给几个挚爱的人的最好办法不是把苹果分给大家,而是保留它的种子,让这粒种子长成一棵苹果树。不要只是单纯地享受爱,而要学会种植爱,让爱的种子发芽,奉献更多的爱。

母爱的圣灵

慈祥的母亲便是我们的天使,便是我们心中虔诚朝拜的佛祖啊!无论身在何处,母爱的涓涓细流永远滋润着我们的心,十年百年,千里万里。

这两个故事也许会让你铭记一生。

有个即将出生的孩子问上帝:"听说您就要把我送到人间去了,我这么小而无助,在那里怎么生存呢?"上帝说:"我在众多的天使中给你挑了一位,她会照顾你的。她每天给你唱歌,对你微笑,你会感受到天使对你的爱!"孩子说:"如果我不懂人类的语言,别人对我说话时我怎么能明白呢?"上帝说:"你的天使会告诉你最美好的词语,耐心地教会你说话!"孩子又问:"我听说人间有许多坏人,谁来保护我呢?"上帝说:"你的天使会保护你,甚至不惜牺牲自己的生命!"

此时天堂里一片宁静,人间的话语已隐约可闻。孩子匆匆地小声问:"啊,上帝,我就要离开您了,请您告诉找,我的天使的名字!"上帝答道:"你的天使的名字并不难记,你会管你的天使叫妈妈!"

还有一个中草药的故事。有一个人笃信佛教,年轻时便离开家,走遍大大小小的寺院求教佛法。他心中最大的愿望就是能见到一位活佛,并为此而不停地奔走着,可是没有一个人能够告诉他佛在哪里。后来在一个小小的禅院,老禅师笑呵呵地告诉他:"要见佛并不难啊!你只要按原路走回,走到最后你会发现一座亮灯的房子,那个没穿衣服光着脚为你开门的人便是佛啊!"

他如获至宝大喜而去。走啊走,过了几年,他几乎走完了过去曾经走过的路,可是还没有找到佛。一天夜里,他匆匆赶路,忽然发现远处有一点灯光,温暖而亲切。他加快脚步,终于来到房子前,他惊奇地发现已回到了当年出发的起点——自己的家。他激动地抬手敲门,院子里传来急促的脚步声,门开处,他的母亲没穿衣服和鞋站在那里,她等这一天已经许多年了。他终于找到了佛。

慈祥的母亲便是我们的天使,便是我们心中虔诚朝拜的佛祖啊!无论身在何处,母爱的涓涓细流永远滋润着我们的心,十年百年,千里万里。

(包利民)

品德悟语

有人说亲情是春天里和煦的阳光,我宁愿很现实地认为父母的恩情是我们饥饿时一桌香喷喷的饭菜。每次回忆亲情时,我都有一种充实的感觉,因为在我精神和物质上需要抚慰时,亲情总能满足我的渴求。

妈妈的橘子

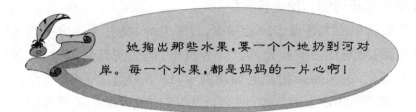

她掏出那些水果，要一个个地扔到河对岸。每一个水果，都是妈妈的一片心啊！

这是驻扎在青藏高原上的一个哨所，常年人迹罕至，一封信要走半年时间才能送到收信人手里。有一位兵妈妈，她实在想念自己的独生儿子。三年没见面了，儿子怎么样了？于是，她从山东老家出发，乘火车，倒汽车，再步行，辗转十余天，终于来到了这个哨所驻扎的地方。

几天之前，消息就已经传到了哨所，全体官兵都很兴奋，这是自哨所建立以来，迎来的第一位"家里人"。他们排练了最好的节目，准备献给这位妈妈。

但是，哨所对面的那条小河，就在兵妈妈到来的这天解冻了。这条小河，一年封冻9个月，偏偏在兵妈妈到来的这天，欢快地流动起来。载送兵妈妈的车被阻隔在河对面。而哨所的军人们，也已经来到河边，准备迎接自己的亲人。

此时，他们面对面地站在两岸，却无法团聚。

"儿子，你瘦了！"兵妈妈疯狂地跑到水里，又被湍急的水流冲了回来。她大声地喊着，"儿子，妈妈想你，妈妈想你啊！"

彼岸，十几张脸上，早已爬满眼泪。

"妈妈，我也想你！"他们一起敬礼，一起喊，"妈妈，我爱你！"

他们喊啊喊啊，嗓子都哑了。

两岸的人彼此对视着，直到太阳偏西。

这边的司机开始催促兵妈妈回去。千山万水地走来,却无法摸一摸儿子消瘦的脸庞,兵妈妈肝肠寸断。而这边,坚强的"儿子们"也情难自抑。

妈妈给儿子带来一袋橘子,一袋苹果。她掏出那些水果,要一个个地扔到河对岸。每一个水果,都是妈妈的一片心啊!

她把一个橘子拿在手里,使劲地扔过去,"扑通"一声,掉进水里,很快就被冲得无影无踪。

兵妈妈扔过去一个,又掉进水里。

司机也跑过来帮她扔,一个,两个……所有的水果都扔完了,没有一个被河对岸的人接住……

太阳西沉,大地静默。

只有哗哗的河水在为儿子们鼓掌,为妈妈哭泣。

（王国华）

大 爱 无 言

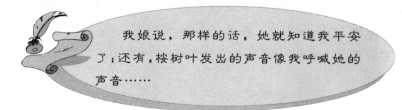

我娘说,那样的话,她就知道我平安了;还有,桉树叶发出的声音像我呼喊她的声音……

数年前,我在民族学院读书。班上除了少数几个汉族学生外,大部

分同学是少数民族,分别来自全国各地的山区。也许是家乡偏僻之故,几乎所有少数民族的同学都很少有与家人通电话的时候,倒是信函往来极为常见。

作为班长,我的其中一个工作是每天午休时站在讲台上发信。念一个名字,上来一个同学取回自己的信。我留意过,"王强"这个名字从我口中吐出的次数最多,每周必有。王强是布依族,来自贵州黔南自治州。那些信正是从黔南发来的,估计是家书了。

那一日,我又发信,王强听到名字后喜滋滋上讲台来取信。大约是信封边沿破损了,我的手刚抬起,里面的信飘出来——是一片树叶,在空中翻转几个来回,落到了地面。

大家惊异地看王强,他的脸刷的一下红了。"……我父亲不在了,只有娘,但她是个瞎子。我家就我一个儿子,娘老想我,我也想娘。我用勤工俭学的钱准备了好几百个写好地址的空白信封。对娘说如果她平安,就寄一片桉树叶给我。我收到信后,又将桉树叶寄回去,但不是一片,而是两片。干枯的桉树叶在水中浸泡,湿润后两片合在一起,我娘能吹出很清脆的声音。我娘说,那样的话,她就知道我平安了;还有,桉树叶发出的声音像我呼喊她的声音……"

一时,满教室寂静无声。我听到几个小女生在抽鼻子。那一日是1992年8月15日,我记得很清楚。那天,我第一次深切理解了一个词语。那个词语是:大爱无言。

(茹　梅)

品德悟语

父母对孩子的爱大多是沉寂的,不是亲情本身沉寂,而是没有足够力度的词可以表达父母深切的爱。语言已经不能承载爱的重量,只有时间可以显示爱经过的痕迹。

物 归 原 主

反正我是从我妈身体里出来的,给我妈捐一个,就当是又回去了,物归原主……

这是一个真实的故事。

他的母亲得了尿毒症,当他听到这个消息的时候,他的全身在颤抖。他不能接受,养育他几十年的母亲怎么会得这种病。他问医生,有什么办法可以救他的母亲,医生说,一是可以靠血液透析;还有,就是肾移植。可是,这两样不仅费用昂贵,而且肾源也不好找,尤其是像你母亲这样年纪的老人,风险更大。他没有灰心,决定将自己的肾给他的母亲。他召集了他的兄弟姐妹,商量此事。他说:

"妈妈操劳了一辈子,如今到了享福的时候,我们不能眼睁睁地看着她老人家受苦。如果靠透析来活一天算一天的话,那还要我们做儿女的干吗?"

一番话之后,弟兄姐妹几个争着要给母亲捐肾,他说:

"全家人都去试,谁的合适,用谁的,要是都合适,那就我捐,我是老大,我说了算,好了,就这样定了。"

眼看着母亲的病情一天天地恶化,儿女们焦急万分。联系了医院,全家人去做了配型检验,意料之中,他的肾配型成功。医生说,捐一个肾不会影响以后的生活,但是万一将来唯一的肾受到损害,那将危及生命,医生让他慎重抉择。他却说:

"我妈一直为儿女操劳,该享福的时候却得了重病,所以我一定要

救她。反正我是从我妈身体里出来的,给我妈捐一个,就当是又回去了,物归原主……"

手术很成功!并且他的肾在母亲身体内正常工作!

我们常常说要报答我们的父母,到底该去做些什么呢?当我看完这个故事的时候,我懂了。

(王晓婷)

品德悟语

　　树木把根扎在大地母亲的心里。树长得越高,扎进大地母亲的根须就越多。大地用自己的贫瘠换来大树的茁壮,树报答母亲最好的办法就是物归原主,用无数落叶的关怀,重新滋润母亲的心灵。

海啸中的三位母亲

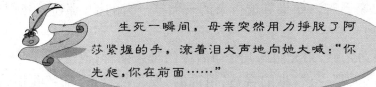

生死一瞬间,母亲突然用力挣脱了阿莎紧握的手,流着泪大声地向她大喊:"你先爬,你在前面……"

A

　　海啸来临前,澳大利亚女律师阿莎一家五口正在斯里兰卡度假,当时,她们驾驶自家的小型货车,行驶在前往著名旅游小镇加勒的路上。她们正商量着怎样度过这个温馨的圣诞节时,无情的巨浪就骤然袭来了,只一瞬间,他们的汽车就被冲出一公里远。

车内五人惊慌失措,阿莎一边呼救,一边用力踢向车窗,终于,她和父亲逃出了货车,接着,阿莎和父亲又把母亲、姨母和身体虚弱的祖母救了出来。但筋疲力尽的一家人刚刚把手拉在一起,第二波巨浪又汹涌而至。

五个人被海浪冲散了,慌乱中,阿莎抓到了母亲的手,随后,这对母女被冲到一幢房子旁,这是洪流中唯一的一根救命稻草!抓住房子一角,母女俩开始向上攀爬。但是,这所大部分已经被海浪冲毁的房子开始摇晃起来,剩余的残骸已经不能容纳两个人的重量,如果两人都爬上房顶,房子必将倒塌。

生死一瞬间,母亲突然用力挣脱了阿莎紧握的手,流着泪大声地向她大喊:"你先爬,你在前面⋯⋯"母亲还未说完最后的话,无情的巨浪便将她的话语掩盖,将她卷入水中,永远沉了下去。

<h2 style="text-align:center">B</h2>

一位游客遗留的数码录像机记录了这样一个惊魂画面:当海啸袭向泰国克拉比岛附近的哈特·莱雷海滩时,海滩上的游客感到不妙,纷纷向海岸方向夺路而逃,但与此形成鲜明对比的是,一名身穿白色比基尼的妇女却反而迎着海啸的方向奔去!原来,这位母亲发现自己的三个孩子没有察觉到海啸的到来,还在海边玩耍,出于母性本能,她不顾死亡威胁,一边对孩子呼喊示警,一边奔向大海去拯救自己的孩子。

但是一转眼间,30英尺高的巨浪就将他们全都吞没了。当这些感人的画面在世界各地的报纸头条刊出后,许多人都认为这位母亲和她的家人不可能在那场劫难中存活下来。但事实是,海啸也在这位母亲面前退缩了,她不仅活了下来,并且她的3个孩子也一个没丢,全都逃过了那场死亡海啸!这名母亲名叫卡琳·斯瓦德,是一名瑞典女警察。

<h2 style="text-align:center">C</h2>

一位幸存的游客目睹了另外一位母亲拯救自己孩子的情景:在巨

第二辑　物归原主——孝顺篇

浪袭来之时,这位母亲年幼的儿子癫痫症突然发作,陷入昏迷之中。她没有选择逃离,而是抱着她的孩子,不停地大声呼唤,试图使他苏醒。接着,海水淹没了这个母亲。但是,被淹没的她却将孩子高高举出水面,挣扎着将他递向身边的人们。不幸的是,一股急流涌来,这对母子还是被冲走了。

我是流着眼泪看完这三个片断的,我想,我恐怕永远也找不出恰当的词汇来形容这三位母亲。

（感　动）

　　几乎所有开花的树都是母性的,为了孕育下一代,她们舍弃美丽的容貌,用最震撼人心的凋谢,把时间和养料,甚至生命,全部奉献给了子女。

不做栋梁的理由

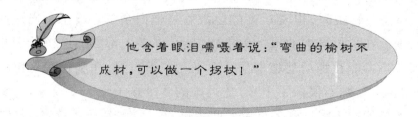

他含着眼泪嗫嚅着说:"弯曲的榆树不成材,可以做一个拐杖!"

　　那时,我在吉林白城的一所乡村小学校教书。

　　在学校的院子里,生长着两棵树,一株是白杨,长得高大笔直;另一株是矮小弯曲的榆树。有一次,我给学生们上思想品德课,碰巧主题叫做"长大我要做栋梁",我忽然想到,可以用院子里那两棵树作为活教材来启发孩子们。

我带着孩子们来到操场上，指着那棵白杨树对他们说："长大做栋梁，就是要像这棵白杨树一样，高大笔直，成为有用之材。"我又指了指那棵榆树说："同学们，你们千万不要像这棵榆树，矮小弯曲没出息。"孩子们异口同声地回应我："我们要做白杨树，长大成材做栋梁。"当孩子们喊完后，站在第一排的一个孩子突然举手喊道："老师，我不想学白杨树成为栋梁，我要做那棵弯曲的榆树！"这一不谐之音立刻引起其他同学一片哄笑，也令我惊愕不已。我很奇怪，这个平日里聪明好学的孩子，此时怎么会说出这样不上进的话呢？

小树不修长不直，孩子的人生观要从小培养。下课后，我把那个另类孩子单独叫到办公室。我怒气冲冲地问他："你为什么不好好地学做杨树偏要做榆树？"孩子看到我生气，吓得哭了。他含着眼泪嗫嚅着说："弯曲的榆树不成材，可以做一个拐杖！"

"做拐杖有什么用呢？"我缓了缓语气问他。

"我妈妈得了半身不遂，走路老跌倒，我要是拐杖，就可以扶着她不会让她再摔倒了。"孩子说。

那一刻，我的怒气烟消云散，并对这个没有远大志向的孩子肃然起敬。

（感　动）

不做栋梁是因为想孝顺父母。栋梁不是每一个人都能做到的，但做一根支撑父母身体和心灵的拐杖，却是每个人都可以做到的事情。

树木把根扎在大地母亲的心里。树长得越高,扎进大地母亲的根须就越多。大地用自己的贫瘠换来大树的茁壮,树报答母亲最好的办法就是物归原主,用无数落叶的关怀,重新滋润母亲的心灵。

爱孩子,就要闭一只眼——责任篇

在儿子四岁时, 他养一盆吊兰。他精心照料了吊兰仅半个月, 就忙于和其他小朋友做游戏, 而把养花的事忘到脑后了。他妈妈看见后,想帮他浇水,却被我阻止了。等儿子想起他的吊兰的时候,吊兰已经枯死了。

儿子伤心地哭了。他体会到了缺乏责任心的后果。

父亲看似放任, 不近人情;但真正爱孩子,有时就要闭一只眼。

我还要回来

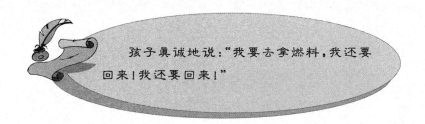

孩子真诚地说:"我要去拿燃料,我还要回来!我还要回来!"

美国著名主持人林克莱特一天采访一名小朋友,问他:"你长大后想要当什么呀?"小朋友天真地回答:"嗯,我要当飞机驾驶员!"林克莱特接着问:"如果有一天,你的飞机飞到太平洋上空,所有引擎都熄火了,你会怎么办?"小朋友想了想:"我会先告诉坐在飞机上的人绑好安全带,然后我挂上降落伞跳出去。"

当现场的观众笑得东倒西歪时,林克莱特继续注视着这孩子,想看看他是不是自作聪明的家伙。

没想到,孩子的两行热泪夺眶而出,这才使得林克莱特发觉这孩子的悲悯之情远非笔墨所能形容。

于是林克莱特问他:"为什么要这么做?"孩子真诚地说:"我要去拿燃料,我还要回来!我还要回来!"

刚才还笑得东倒西歪的观众,一下子都愣住了。

品德悟语

要使一个人显示他的本质,叫他承担一种责任是最有效的办法。在危难之中,不忘自己肩负的责任,不忍舍弃别人的生命,这样的人,才是真正值得尊重的人。

承　诺

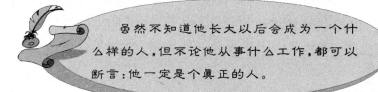

> 虽然不知道他长大以后会成为一个什么样的人,但不论他从事什么工作,都可以断言:他一定是个真正的人。

夏季的一天,我坐在城市公园里看一本书。书写得很有趣,我看得入了迷,直到夜色降临我才合上书,起身朝出口走去。公园里已经空无一人,我担心公园关门,于是加快了脚步。

突然我止住步子:在灌木丛后面某个地方,仿佛有人在呜呜地哭。我朝侧面的小路拐去——朦胧的夜色中,现出一座白色的石头房子,旁边站着一个七八岁的小男孩,正垂着头伤心地哭。我走到他跟前,问道:"喂,你怎么啦,小家伙?"

小孩一边哽咽,一边抽搭着鼻子,要他一下子说清楚看来很难。

"我们一道走吧!"我对他说,"看天都黑了,公园马上就要关门……"

我想去拉小孩的手,但他急忙将手一缩,开口道:"我不能离开。"

"怎么回事,为什么不能离开?"

"没什么。"小孩回答。

"到底是为什么你不能离开?"

"我是哨兵。"他回答。

"哨兵,什么哨兵?"

"您是怎么啦,还没弄明白——我们在游戏。"

"你在和谁玩游戏啊？"

小孩沉默片刻，随后叹了口气，回答说："不知道。"

老实说，此种情形使我不能不认为：这小孩或许是生病了，要么就是头脑不正常。

"你听着！"我对他说，"我不明白你说的是什么，哪有这样的事——连和谁玩游戏都不知道？"

"真的！"小孩说，"我真不知道，我坐在长椅上玩，几个大孩子走过来对我说：想来玩军事游戏吗？我说想，我们就开始玩起来。一个大孩子是将军，他把我带到这里说：你是中士，这里是我们的弹药库，你当哨兵守在这里，直到我派人来换你。我回答'遵命'，他就说，你要起誓不离开。"

"什么？"我忍不住问。

"是呀，我就说：'我发誓不离开。'"

"后来怎样呢？"

"就是这样，我守着、守着，而他们一直没来。"

"原来如此！"我笑了一下，"你在这儿守了很久了吧？"

"那还是大白天的时候。"

"现在他们在哪里呢？"

小孩又叹了口气，回答说："我想，他们已经走了。"

"既然他们都走了，那你还守在这儿干什么？"

"我发了誓的……"

我忍不住要大笑起来，但随后猛地想到：我并没有什么好笑的，小孩这么做完全正确。既然发了誓，那就应该坚守哨位，不管有多大的困难，也不管是不是游戏，都一样。

"既然如此，那你打算怎么办？"

"不知道。"小孩回答，又开始哭起来。

我很想帮助他，但我能做什么？去找那些糊涂的小调皮蛋吗？——他们把这孩子安置在哨位上，从他这里得到了誓言，自个儿就跑回家去了。

现在上哪儿去找他们呀，这些捣蛋的小家伙！想必他们已吃过晚饭,都钻进了被窝里。可这个"士兵"还守在哨位上。

"你,或许想吃东西了吧?"我问他。

"是呀,想吃。"

我想了想说:"你快回家吃饭去吧,我在这儿替你守着。"

"好的。"小孩说,"但这么做可以吗?"

"为什么不可以呢?"

"您可不是军官哪!"

听了这话,突然我脑中闪过一个念头:既然只有军官能解除小孩的誓言,将他从哨位上撤下来,那就应当去找一位军官来。于是我对小孩说:"你等一会儿。"随后赶紧朝出口跑去。

公园的大门还没有关,我在大门边停下来,等候着,看有没有军人从旁边走过。终于,我看见在电车站的拐角处晃动着一顶军官帽,于是拔腿跑了过去。那个军官——年轻的陆军少校正准备举步登车。我喘着气冲到他跟前,抓起他的手大声说:"少校同志,您等一会儿!少校同志……"

他转过身来,用惊异的目光看了我一眼:"出了什么事?"

"您会知道的。"我急急地说,"那儿,在公园的白房子旁边,一个小孩还在站岗。他不能离开,他起了誓的……他还很小,在哭鼻子呢!"

军官莫名其妙,可是当我稍微详细地向他说明原委后,他毫不迟疑地说:"快走,快走!这当然得去。"

当我们走近公园,看守人正在往大门上挂锁。我请求他等几分钟,说我有个小孩留在公园里了,随后就与军官朝公园里跑。当我们摸黑来到那座白房子跟前时,小孩仍旧站在原地,低声哭着。我叫了他一声,他马上高兴起来了,差点儿叫出来。我对他说:"瞧,我把首长带来了。"

看见军官,小孩一下挺直身子,仿佛变得比先前高了一截。

"哨兵同志,你是什么军衔?"军官问道。

"我是中士。"小孩回答说。

"中士同志,我现在命令:撤掉你的岗哨。"

小孩沉默了一下,吸吸鼻子,说:"可您是什么军衔?我看不清您有

几颗星。"

"我是少校。"

小孩把手往灰鸭舌帽的帽檐上一靠,行了个军礼,说:"是,少校同志,撤去岗哨。"

他复述命令时的熟练程度和那洪亮的声音,竟使得我们两个忍俊不禁,哈哈大笑起来。小孩也轻松愉快地笑了。

我们三人刚走出公园,大门就在我们身后"咣"地关上了。

"好样儿的,中士同志!"军官对小孩说道,"你一定能成为一个真正的军人。再见!"

小孩低声嘟哝了一下,说:"再见……"

一辆电车又开过来,军官向我们行了个军礼,拔腿朝车站跑去。我也同小孩告别,握了一下他的手。

"或许,你需要我送一送吧?"我问他。

"不用了,我家离这儿不远,再说我并不怕。"小孩回答说。

我看了一眼他长满雀斑的小鼻子,相信他的确什么也不怕。一个意志刚强、信守誓言的小孩,既不畏惧黑暗,也不害怕流氓,甚至再可怕的事物也不在话下。当他长大以后——虽然不知道他长大以后会成为一个什么样的人,但不论他从事什么工作,都可以断言:他一定是个真正的人。

这样想着,我再一次紧紧地握了握他的手。

品德悟语

　　每一个承诺都是射出去的箭,都是泼出去的水,我们要为自己的承诺负责。不管别人看不看重这个承诺,不管我们要为这个承诺付出什么代价,我们都要把这个承诺履行到底。

大　雁

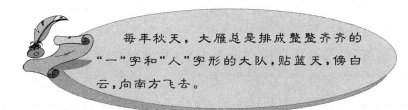

每年秋天，大雁总是排成整整齐齐的"一"字和"人"字形的大队，贴蓝天，傍白云，向南方飞去。

春天，大雁排成"一"字和"人"字形，从南方飞向北方；秋天，大雁排成"一"字和"人"字形，又从北方飞向南方。它们年复一年总是这样忙忙碌碌地过着。

大雁能排成整整齐齐的大队飞翔，这是很奇怪的事。要是说起来呢，也不奇怪。

大雁飞翔的时候，本来不排队。它们白天忙一天，都很劳累，到夜晚，就栖在河边啦，草丛里啦，芦苇边啦，一起睡觉。每天夜里，它们总要轮班守夜。

白天大雁飞得高，打雁人瞄不准，所以他们总在夜间趁大雁睡觉的时候带火枪来。雁受过害，睡觉时就留下一只守夜的雁。

有这么一群雁。老雁领着一家子飞了一天，到夜里，就栖在河边的草丛里睡觉。睡觉以前，安排好了守夜的雁。老雁还不放心，就嘱咐守夜的雁说："今天轮到你守夜了，一直到天亮，可千千万万不能打瞌睡呀！要静心地听着，要仔细地看着，一听有脚步声，一见有闪动，你就快点儿拍翅膀高叫，大伙醒了，好赶快飞走。这是打雁人带着火枪来杀咱们了！"

守夜的雁不耐烦地说："爷爷，您就放心去睡吧！我都知道。"

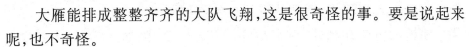

"知道是知道。你年纪轻轻的还没经历过这受害的事,要多加小心才是!"

"我会小心的!还怎么着?老说这事,老说这事,谁还不知道!真啰唆!"

老雁再也没什么可说的了,这才跟大家一齐睡去。

这时正是秋末冬初时节。夜里不光冷,偏偏又阴了天,小风飕飕一刮,竟簌簌地飘起雪花来了。

守夜的雁守到半夜,又累、又困、又冷。它看看睡在草丛里的爷爷、奶奶、爸爸、妈妈、兄弟姐妹,一个个都把头放在翅膀下面睡得正香,又是气又是羡,自言自语地说:"真不走运!轮到我守夜了,偏偏遇上这么个坏天气!"它看看天,又说,"天快亮了。这么坏的天气,打雁的会来吗?守多少回夜,都没遇上打雁的,今夜那么巧就会遇上他们呀?我已经守了半夜,不如趁这时候暖暖和和地睡一觉吧!"

守夜的雁嘀咕半天,困极了,就偎在草丛里睡了。

打雁的也有个算计:守夜的雁到天快亮时最困,遇上坏天气,大雁准不会多加小心的。打雁人就带着火枪来了。

打雁人来到河边,三察两看就找到这群雁了。

他把火枪架在高处,对准雁群,"轰——"一阵烟火冒起,一群雁只飞走了一只雁,剩下的都被打死了!

飞走的雁正是那只老雁。老雁睡觉时也在惦记着全家的平安,每夜都睡不踏实。它听见响动立刻惊醒了。可是,它还没来得及叫醒大伙,火枪已经响了。

老雁飞走以后,就把这事告诉给所有的雁:只因一只雁不小心,全家都被人打死了!

大雁们知道以后,不光每回守夜更加小心,还怕后代把这痛心的事忘了, 就想出了这么一个永远忘不了的法子——起飞的时候排了"一"字和"人"字形。

以后,每年秋天,大雁总是排成整整齐齐的"一"字和"人"字形的大队,贴蓝天,傍白云,向南方飞去。

品德悟语

　　世界上有许多你不一定喜欢但必须做的事情，这就是责任。尽管责任有时使人厌烦，如果不履行责任，你，甚至你身边的人都会为你的失职而付出沉重的代价。

爱 心 传 递

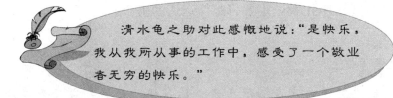

　　清水龟之助对此感慨地说："是快乐，我从我所从事的工作中，感受了一个敬业者无穷的快乐。"

　　日本有一项国家级的奖项，叫"终生成就奖"。

　　在素来都把荣誉看得比自己的生命更为重要的日本人心目中，这是一项人人都梦寐以求，却又高不可攀的最高荣誉。在日本，有无数的社会精英，一辈子努力奋斗的目标，就是为了能够最终获得这项大奖。但最近一届的"终生成就奖"，却在举国上下的期盼和瞩目中，出人意料地颁发给了一位名叫清水龟之助的小人物。

　　清水龟之助是东京的一位邮递员，他每天的工作就是将各式各样的邮件，快速而准确地投送到每一个相关的家庭。与那些长期从事尖端科技研究的专家学者们相比，清水龟之助所从事的这项工作，似乎根本不值一提。

　　然而，就是这位长期从事着如此平淡无奇的邮递工作的清水龟之助，却无可争议地获得了这项殊荣。这是因为在他从事邮递工作的整整25年中，清水龟之助的工作态度始终和他到职第一天那样认真和投入。在不算短暂的25年中，他从未有过请假、迟到、早退、脱岗等任

何缺勤情况。而且他所经手投递的数以亿计的邮件,从未出现过任何差错。不论是狂风暴雨,还是地冻天寒,甚至在大地震的灾难当中,他都总是能够及时而准确地把邮件投送到收件人的手中。

是什么样的力量支持着清水龟之助得以几十年如一日,持之以恒地把一件极为平凡的工作,铸造成了一项伟大的成就呢?

清水龟之助对此感慨地说:"是快乐,我从我所从事的工作中,感受了一个敬业者无穷的快乐。"

清水龟之助说,他之所以能够25年如一日地做好邮递员工作,主要是他喜欢看到人们在接获远方的亲友捎来的音讯时,脸上那种发自内心的快乐而欣喜的表情。自己微不足道的工作,竟然能够给别人带来莫大的心灵安慰和精神快乐,这使他感到欣慰,感到自己的工作神圣而有意义。他说,只要一想起收件人脸上荡漾开来的那种快乐的表情,即使再恶劣的天气也无法阻止我一定要将邮件送达的决心。

品德悟语

梁启超说:"人生须知负责任的苦处,才能知道尽责任的乐趣。"当你看到别人因为你尽责的工作而展现笑容时,工作的艰苦也会变得微不足道。

大 器 之 材

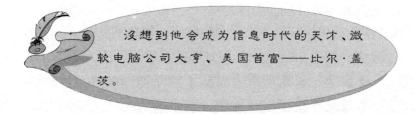

没想到他会成为信息时代的天才、微软电脑公司大亨、美国首富——比尔·盖茨。

1965年,我在西雅图景岭学校图书馆担任管理员。一天,有同事推荐一个四年级学生来图书馆帮忙,并说这个孩子聪颖好学。

不久,一个瘦小的男孩来了,我先给他讲了图书分类法,然后让他把已归还的图书却放错了位置的图书放回原处。"像是当侦探吗?"我回答:"那当然。"接着,男孩不遗余力在书架的迷宫中穿来插去,小休时,他已找出了三本放错地方的图书。

第二天他来得更早,而且更不遗余力。干完一天的活后,他正式请求我让他担任图书管理员。又过了两个星期,他突然邀请我上他家做客。吃晚餐时,孩子的母亲告诉我他们要搬家了,到附近一个住宅区。孩子听说转校却担心:"我走了谁来整理那些站错队的书呢?"

我一直记挂着他,但没过多久,他又在我的图书馆门口出现了,并欣喜地告诉我,那边的图书馆不让学生干,妈妈把他转回我们这边来上学,由他爸爸用车接送。"如果爸爸不带我,我就走路来。"

其实,我当时心里便应该有数,这小家伙决心如此坚定,则天下无不可为之事。我可没想到他会成为信息时代的天才、微软电脑公司大亨、美国首富——比尔·盖茨。

([美]卡菲瑞)

品德悟语

即使休息仍然没有忘记自己的职责,即使离开工作岗位仍然把职责记在心上。当你把责任变成你生活中的一种习惯,你离成功已经不远了。

一 杯 安 慰

因为有了爱意的充盈、抚摸,许许多多的奇迹,便一如春草般地葳蕤起来,蓬蓬勃勃地诞生在我们熟悉的生活中间。

　　那是上个世纪 60 年代的一个炎炎夏日的午后,在纽约郊外的一棵大树下,勤快的安德鲁正悠然地整理着农具。他是一个孤儿,受雇于这里的农庄主已经有两年多了,他很满意自己的这份十分辛苦的工作,烈日也没有影响他愉快的口哨声。坐在那里,他一次次地张望着前面那大片金黄的麦田,心中充溢着一份巨大的成就感,仿佛那即将到来的丰收完全属于他自己,完全忘却了自己只是一个卑微的打工者。

　　不知何时,一位老者蹒跚着从安德鲁面前走过,老者目光呆滞,神情抑郁,似乎揣着许多难言的心事。

　　"嗨,多好的阳光啊!"安德鲁不禁冲着老者喊道。

　　"是么?我讨厌这样叫人心烦的烈日。"老者烦躁地回敬道。

　　"先坐下来歇息一下吧!"安德鲁热情地邀请老者。

　　老者迟疑了一下,还是默默地接过安德鲁递过来的一个马扎,缓缓地坐到了树阴里。

　　"来一杯清凉的山泉水吧。"安德鲁拿起身边的水桶,热情地给老者倒了一杯水。

　　老者轻轻抿了一口水,眉宇舒展了一点点。

　　"怎么样?凉爽吧?这可是地地道道的山泉啊。"安德鲁得意地向老者讲述起自己如何走遥遥的路、爬高高的山，才打回来如此甘甜的泉水。

老者似乎被安德鲁的话打动了，不禁又品尝了几口水，然后轻轻地点点头，但没有做任何的评价。

"这样强烈的阳光，庄稼长得才快呢。老伯，您说对吧？"安德鲁又满怀热情地向老者介绍起眼前那一片自己侍弄的庄稼。

"那些都是你自己的吗？"老者平静地问道。

"都是我帮主人种的，不过，那又有什么关系呢？那可都是我的劳动成果啊，只那么看着，就叫人心里很舒坦，就像喝着甘甜的泉水。"安德鲁一无掩饰的自豪。

"小伙子，谢谢你的水，你会收到一份丰厚的报酬的。"老者喝掉了安德鲁送上的一杯山泉水，起身朝山下走去。

第二年春天，安德鲁收到了一封陌生的来信。来信人告诉他——去年夏日曾喝过他一杯泉水的老人，原本因儿女骤然遇难离去、自己又身染恶疾，一度心灰意冷，准备将自己的几个农庄全部卖掉，悉数捐给慈善机构，然后便辞别人世。但那个炎热的中午，安德鲁那一杯清凉的水和他的乐观、热情，宛如一缕清风，拂去他心田的阴云，他决定好好地经营自己未来的日子，不管病魔留给他的时间还有多长。

这一年的冬天，安德鲁再次收到老人的来信，里面还有一份经过公证的遗嘱——老人将自己经营了一生的上万亩的农庄，全部无偿地赠给了安德鲁，因为他相信安德鲁会让那大片土地生长更多的希望。

安德鲁果然没有辜负老人的期望，数年后，他成了美国赫赫有名的"粮食大王"。就这样，一杯普通的山泉水，竟改变了一个人的命运。就像很多时候，往往只需一句简单而真诚的话语，便会温暖一颗孤寂、幽闭的心灵，并由此诞生许多美好的结局，甚至是人间的奇迹。

还有一个经典例子，说的是一场突如其来的大雨，让一位老妇人踱进了一个很小的店铺避雨。老妇人正有些过意不去地搜寻着想买点儿什么东西时，一个小伙子递给她一把椅子，并微笑着安慰老妇人："夫人，您不必为难，只管坐着休息就是了。"老妇人感激地坐了两个小时，雨过天晴后，她向小伙子要了张名片离去。

不久，好运降临到了这位名叫菲利的小伙子的头上——一封突如其来的推荐信,将他推荐到一家大公司担任了重要的职务,并由于他一贯的踏实与诚恳,使他很快成为仅次于"钢铁大王"卡内基的亿万富翁。

当年大力推荐菲利的人，正是他当初送上一把椅子的那位老妇人——卡内基的母亲。

事情就这么简单——往往只是由于一点儿小小的帮助、一次小小的关心、几句真诚的问候,甚至仅仅是一个阳光灿烂的微笑,因为有了爱意的充盈、抚摸,那温暖、温馨、美好的情愫便千百倍地扩散开来,许许多多的奇迹,便一如春草般地葳蕤起来,蓬蓬勃勃地诞生在我们熟悉的生活中间。

（崔修建）

品德悟语

世界上只有一样东西是不用太多语言表达的,那就是真诚。真诚是上帝挑选幸运儿的金手指,谁把真诚像阳光一样散布世界,谁把真诚当做眨眼一样的习以为常,上帝就把奇迹赐予谁!

一面墙改变一个人的命运

一面墙改变了沃尔顿的命运，更确切地说，是他对工作的负责态度改变了他的命运。

沃尔顿收到了著名的耶鲁大学的录取通知书。但是,因为家穷,他交不起学费,面临失学的危机。他决定趁假期去打工,像父亲一样做名油漆工。

　　沃尔顿接到了一笔为一大栋房子刷油漆的业务,尽管房子的主人迈克尔很挑剔,但给的报酬很高。沃尔顿很高兴地接受了这桩生意。在工作中,沃尔顿自然是一丝不苟,他认真和负责的态度让几次来查验的迈克尔感到满意。这天,是即将完工的日子。沃尔顿为拆下来的一扇门板刷完最后一遍漆,把它支起来晾晒。做完这一切,沃尔顿长出一口气,想出去歇息一下,不想却被脚下的砖头绊了个跟跄。这下坏了,沃尔顿碰倒了支起来的门板,门板倒在刚粉刷好的雪白的墙壁上,墙上出现了一道清晰的痕迹,还带着红色的漆印。沃尔顿立即用切刀把漆印切掉,又调了些涂料补上。可是,做好这些后,他怎么看怎么觉得补上去的涂料色调和原来的不一样,那新补的一块和周围的也显得不协调。怎么办?沃尔顿决定把那面墙再重新刷一遍。

　　大约用了半天时间,沃尔顿把那面墙刷完了。可是,第二天沃尔顿又沮丧地发现新刷的那面墙和相邻的墙壁又显得色调不一致,而且越看越明显。沃尔顿叹了口气,决定再去买些材料,将所有的墙重刷,尽管他知道这样做,他要多花比原来近一倍的本钱,他就赚不了多少钱了;可是,沃尔顿还是决定要重新刷一遍。他心中想的是,要对自己的工作负责。

　　他刚把所需要的材料买回来,迈克尔就来验工了。沃尔顿向他说了抱歉,并如实地将事情和自己内心的想法说了出来。迈克尔听后,不仅没有生气,反而对沃尔顿竖起了大拇指。作为对沃尔顿工作的负责态度的奖励,迈克尔愿意赞助他读完大学。最终,沃尔顿接受了帮助。后来,他不仅顺利读完大学,毕业后进入了迈克尔的公司。十年后他成了这家公司的董事长。现在提起世界上最大的沃尔玛零售公司无人不知,可是没有多少人知道,现在公司的董事长就是当年刷墙的穷小子。一面墙改变了沃尔顿的命运,更确切地说,是他对工作的负责态度改变了他的命运。

(一　哲)

品德悟语

　　一面墙可以改变一个人的命运,一种态度可以扭转一个人的人生。自始至终不放松对自我的要求，不放弃任何一个不够完美的细节，当你对责任的热情上升到这种程度，你与幸福将会不期而遇。

人生容不得半点儿不负责任

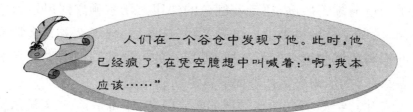

人们在一个谷仓中发现了他。此时，他已经疯了，在凭空臆想中叫喊着："啊，我本应该……"

克里·乔尼是一位火车后厢的刹车员，因为他聪明、和善，常常面带微笑而受到乘客们的欢迎。

一天晚上，一场暴风雪不期而至，火车晚点了。克里抱怨着，这场暴风雪不得不使他在寒冷的冬夜里加班。就在他考虑用什么样的办法才能逃掉夜间的加班时，另一个车厢里的列车长和工程师对这场暴风雪警惕了起来。

这时，两个车站间，有一列火车发动机的汽缸盖被风吹掉了，不得不临时停车；而另外一辆快速车又不得不换道，几分钟后要从这一条铁轨上驶来。列车长赶紧跑过来命令克里拿着红灯到后面去。克里心里想，后车厢还有一名工程师和助理刹车员在那儿守着，便笑着对列车长说："不用那么急，后面有人在守着，等我拿上外套就去。"列车长一脸严肃地说："一分钟也不能等，那列火车马上就要来了。"

"好的！"克里微笑着说，列车长听完了他的答复后又匆匆忙忙向前部的发动机房跑去了。

但是，克里没有立刻就走，他认为后车厢里有一位工程师和一名助理刹车员在那儿替他扛着这项工作，自己又何必冒着严寒和危险，那么快跑到后车厢去。他停下来喝了几口酒，驱了驱寒气，这才吹着口哨，慢悠悠地向后车厢走去。

他刚走到离车厢十来米的地方，就发现工程师和那位助理刹车员根本不在里面，他们已经被列车长调到前面的车厢去处理另一个问题了。他加快速度向前跑去，但是，一切都晚了。在这可怕的时刻，那辆快速列车的车头，撞到了自己所在的这列火车上，受伤乘客的嘶喊声与蒸汽泄漏的咝咝声混杂在了一起。

后来，当人们去找克里时，他已经消失了。第二天，人们在一个谷仓中发现了他。此时，他已经疯了，在凭空臆想中叫喊着："啊，我本应该……"

他被送回了家，随后又被关进了精神病院。

品德悟语

工程师忽略的一颗螺丝钉可能会摧毁一架飞机；会计忽略的一个小数点可能会摧毁一个公司；护士忽略的一个小气泡可能会夺走一条人命……每一次对责任的轻视都可能产生无法弥补的重大损失。

地毯下的灰尘

她牢记着他们的话，总是认认真真地做好每一件事情，而且她打扫屋子时，也总是记得要打扫地毯下面的灰尘。

很久以前，有一位妈妈跟两个小女儿生活在一起。由于丈夫死得

早，只剩下她跟孩子们相依为命，为了赚点儿钱让两个孩子吃好，穿好，她经常要到外面去找活干。让她感到欣慰的是，她的两个小女儿都很体谅她，她们把家务活都包了下来。当妈妈不在家的时候，她们就会把家里收拾得干干净净、整整齐齐的。

两姐妹中，妹妹腿脚不大方便，不能在屋子里跑来跑去，因此她通常都是坐在椅子上做针线活。姐姐米妮则负责洗碗、扫地和收拾屋子。

她们的家在一大片森林边上，因此，姐妹俩每天做完家务活，就会坐在窗前，静静地欣赏森林里的景色。

春天，鸟儿们在树林里唱歌；夏天，五颜六色的野花竞相盛开；秋天，树上的叶子渐渐变红了；而到了冬天，鹅毛大雪又将这片树林装点得分外美丽。从春到夏，从秋到冬，这片树林给两个小女孩带来了无穷的欢乐。

但是有一天，她们亲爱的妈妈生病了，姐妹俩难过极了。

冬天到了，家里有许多东西需要去买，可是现在妈妈病了，她们上哪儿去弄钱来买这些东西呢？米妮和妹妹坐在火堆边商量了半天，最后，米妮说："亲爱的妹妹，我一定得出去找点儿活干，要不然，咱们就要揭不开锅了。"说完，她吻别了妈妈和妹妹，穿上外套，出门去了。

她们家门口有一条小道一直通往森林深处，米妮决定顺着这条路一直走下去，看看能不能找到什么活干。

走着，走着，天渐渐黑了下来。这时，她突然发现前方有一所小房子。她心里高兴极了，赶紧走上前去敲门。

可是无论她怎么敲门，都没有人来给她开门。她想也许这是一所空房子吧。她想在这里先住一个晚上，明天再出去找工作，于是她就自己推开门走了进去。

但是她刚刚踏进那所房子就吃惊地站住了。因为她发现屋子里摆着十二张小床，床上的被子乱糟糟的，一床都没有叠；屋子中央有一张积满了灰尘的桌子，桌子上摆着十二只脏兮兮的小盘子；地板上的灰尘足足有一寸多厚，看来已经好久没有人打扫过了。

"我的天啊！"小姑娘不禁叫了起来，"这里也太脏太乱了！"她决定要把这所房子好好地收拾一下。

她将盘子洗得干干净净的,将床上的被子叠好,将地板擦得一尘不染,将壁炉前的大地毯卷了起来,把藏在地毯下面的灰尘扫干净,她还将十二把小椅子在壁炉前摆成了漂亮的弧形。她刚做完这一切,屋门就开了,十二个小人走了进来。他们一个个长得可奇怪了,米妮以前从未见过这等模样的人呢。他们只有木工的尺子那么高,每个人都穿着黄色的衣服。米妮心想:他们一定就是传说中的在山中看守金子的小矮人吧。

"哇!"小矮人们被眼前的情景惊呆了。你知道吗?他们总是一起说话的,而且他们说的话也总是很押韵的呢。他们看见自己脏乱的屋子变得如此干净整洁,一个个睁大了眼睛说:

"这难道不是一个惊喜吗?这一切难道都是真的吗?"

这时,他们发现了米妮,惊讶地说:

"这是谁呀?这么漂亮,这么勤快?帮我们收拾屋子的原来是一个陌生的女孩。"

米妮走上前去跟这所房子的主人们打招呼。"你们好,"她说,"我叫米妮·格雷,我的妈妈病了,所以我出来找活干。天黑时我来到了这里,我——"小矮人们不等她说完,就大笑起来,他们快乐地说:

"你发现我们的房间又乱又脏,但是你把它收拾得又干净又明亮。"

这是一群多么可爱,多么有趣的小人啊!他们先向米妮表示感谢,然后,他们从橱柜里取出白白的面包和甜甜的蜂蜜,邀请米妮和他们共进晚餐。

吃晚餐的时候他们告诉她,他们的女管家休假去了,所以他们的屋子才会那么的脏乱。

说到这里,他们一齐叹了口气。

吃完晚餐,米妮坚持要去帮他们洗碗。他们赞许地看着这个勤快的姑娘,用一种只有他们自己才懂的语言商量了起来。当米妮将最后一只盘子放进橱柜之后,他们把米妮叫到身边说:

"亲爱的小姑娘,你愿不愿意,在我们的女管家不在时一直待在这里?如果你能认认真真地为我们收拾屋子,我们一定会用我们的方式报答你。"

米妮高兴极了,因为她很喜欢这些和善的小矮人,也很想帮助他们。于是她答应留下来帮他们收拾屋子。那天晚上,她做了好多好多的美梦。

第二天早晨公鸡刚叫,她就起床了。她给小矮人们做了一顿丰盛的早餐。等小矮人们出去之后,她把屋子打扫得干干净净,还把他们的破衣服也补好了。晚上当小矮人们回来时,他们发现米妮已经生好了火,做好了饭等他们了。就这样,米妮每天都认认真真地为小矮人们做家务活。

时间一天天地过去了。这一天是米妮在小矮人家里的最后一天了,他们的女管家就要休完假回来了。这天早晨,米妮将小矮人们送走之后,她在玻璃窗上发现了一幅非常美丽的图画。那是一座仙人们住的宫殿,漂亮极了。米妮从未见过这么漂亮的房子,她不禁看呆了。她就这样呆呆地看着看着,全然忘了自己还有活儿要干呢。直到挂在壁炉上方的时钟敲了十二下,她才回过神来。

她匆匆忙忙地将床铺好,把被子叠好,把碗洗了,但是由于她刚才浪费了太多的时间,她已经来不及做完所有的家务活了。当她拿起扫帚准备扫地时,小矮人们已经走在回家的路上了。

米妮自言自语地说:"要不今天我就不打扫地毯下面的灰尘了。反正那里就算是有灰尘,也没人看得见的!"于是她放下扫帚,做晚饭去了。

过了一会儿,小矮人们回来了。屋子里的一切看上去跟往常一模一样,小矮人们没有多说什么,米妮也没有把那件事情放在心上。吃完饭,小矮人们都上床睡觉去了,米妮洗完碗,也躺在了床上。可是,她却怎么也睡不着。她觉得窗外的星星都在看着她。她仿佛听见那些星星在对她说:"这是一个多么勤快,多么诚实的小女孩啊!"

米妮红了脸,她觉得很难为情,于是她转过身去,脸朝着墙壁躺着。可是她听见心里有个声音在说:"地毯下面有灰尘!地毯下面有灰尘!"

"这个小姑娘可勤快了,她收拾的屋子像星光一样明亮呢。"星星们说。

"地毯下面有灰尘！地毯下面有灰尘！"米妮心里的那个声音继续喊着。

"我们看见她了！我们看见她了！"星星们快乐地喊道。

"地毯下面有灰尘！地毯下面有灰尘！"米妮心里的那个声音继续喊着。米妮再也无法忍受了。她从床上跳了下来，拿起扫帚，卷起地毯，把地板上的灰尘打扫干净了。哇！你猜怎么着？灰尘下面居然躺着十二块闪闪发光的金币！它们是那么的圆，那么的亮，就像是十五的月亮似的。

"噢，噢，噢！"米妮惊讶地叫了起来。所有的小矮人都跑过来看发生了什么事情。

米妮向他们讲述了一切。等她讲完，小矮人们将她围在中间，欢快地唱道：

> 亲爱的米妮，这些金子是你应得的报偿
> 因为你果真是一个做事认真的小姑娘
> 但是如果你不打扫地毯下面的灰尘
> 我们只会给你一枚银币打发你走人
> 这些金子代表了我们对你的谢意
> 在你今后的人生旅途中，请别忘记
> 一定要认认真真做好每一件小事
> 只有那样，快乐才能永远伴随着你

米妮感动得热泪盈眶，再三向小矮人们表示感谢。第二天一大早，她就带着金币回家了。她用这些金币给亲爱的妈妈和小妹妹买了好多好多的东西。

她后来再也没有见过那些可爱的小矮人，但是她牢记着他们的话，总是认认真真地做好每一件事情，而且她打扫屋子时，也总是记得要打扫地毯下面的灰尘。

(林德赛)

　　投机取巧可以骗得了别人,却骗不了命运。人生的黄金都藏在责任的背后,只要你一丝不苟地履行自己的责任,命运是不会亏待你的。

决不推卸责任

　　只要有高度的责任感，即使在并非自己最喜欢和最理想的工作岗位上，也可以创造出非凡的奇迹。

　　几年前,美国著名心理学博士艾尔森对世界100名各个领域中的杰出人士做了问卷调查,结果让他十分惊讶——其中61名杰出人士承认,他们所从事的职业,并不是他们内心最喜欢做的,至少不是他们心目中最理想的。

　　这些杰出人士竟然在自己并不喜欢的领域里取得了那样辉煌的业绩,除了聪颖和勤奋之外,究竟靠的是什么呢?

　　带着这样的疑问,艾尔森博士又走访了多位商界英才。其中纽约证券公司的金领丽人苏珊的经历,为他寻找满意的答案提供了有益的启示。

　　苏珊出身于中国台北的一个音乐世家,她从小就受到了很好的音乐启蒙教育,非常喜欢音乐,期望自己的一生能够驰骋在音乐的广阔天地,但她阴差阳错地考进了大学的工商管理系。一向认真的她,尽管不喜欢这一专业,可还是学得格外刻苦,每学期各科成绩均是优异。毕业时她被保送到美国麻省理工学院,攻读当时许多学生可望而不可即的 MBA,后来,她又以优异的成绩拿到了经济管理专业的博士学位。

如今她已是美国证券业界风云人物,在被调查时依然心存遗憾地说:"至今为止,我仍不喜欢自己所从事的工作。如果能够让我重新选择,我会毫不犹豫地选择音乐。但我知道那只能是一个美好的'假如'了,我只能把手头的工作做好……"

艾尔森博士直截了当地问她:"既然你不喜欢你的专业,为何你学得那么棒?既然不喜欢眼下的工作,为何你又做得那么优秀?"

苏珊的眼里闪着自信,十分明确地回答:"因为我在那个位置上,那里有我应尽的职责,我必须认真对待。不管喜欢不喜欢,那都是我自己必须面对的,都没有理由草草应付,都必须尽心尽力,尽职尽责,那不仅是对工作负责,也是对自己负责。有责任感可以创造奇迹。"

艾尔森在以后的继续走访中发现,许多的成功人士之所以能出类拔萃的反思,与苏珊的思考大致相同——因为种种原因,我们常常被安排到自己并不十分喜欢的领域,从事了并不十分理想的工作,一时又无法更改。这时,任何的抱怨、消极、懈怠,都是不足取的。唯有把那份工作当做一种不可推卸的责任担在肩头,全身心地投入其中,才是正确与明智的选择。正是在这种"在其位,谋其政,尽其责,成其事"的高度责任感的驱使下,他们才赢得了令人瞩目的成功。

热爱是最好的教师,"做自己想做的事",这已经是耳熟能详的名言;但是,"责任感可以创造奇迹",却容易被人忽视。对许多杰出人士的调查说明,只要有高度的责任感,即使在并非自己最喜欢和最理想的工作岗位上,也可以创造出非凡的奇迹。

品德悟语

既然选择了,就不要轻言放弃。生活中有许许多多的事需要我们去选择,选择了属于自己的位置,就必须尽心尽力、尽职尽责,只有这样,我们才会实现人生的价值,责任感使我们创造奇迹。

甩开借口

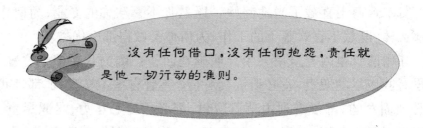

没有任何借口,没有任何抱怨,责任就是他一切行动的准则。

巴顿将军在他的战争回忆录《我所知道的战争》中,曾写了这样一个细节:

"我要提拔人时常常把所有的候选人排到一起,给他们提一个我想要他们解决的问题。我说:'伙计们,我要在仓库后面挖一条战壕,8英尺长,3英尺宽,6英寸深。'我就告诉他们那么多。那是一个有窗户或有大节孔的仓库,候选人正在检查工具时,我走进仓库,通过窗户或节孔观察他们。我看到伙计们把锹和镐都放到仓库后面的地上。他们休息几分钟后开始议论我为什么要他们挖这么浅的战壕。他们有的说6英寸深还不够当火炮掩体。其他人争论说,这样的战壕太热或太冷。如果伙计们是军官,他们会抱怨他们不应该干'挖战壕'这样普通的体力劳动。最后,有个伙计对别人下命令:'让我们把战壕挖好后离开这里吧,那个老畜生想用战壕干什么都没关系。'"

最后,巴顿写道:"那个伙计得到了提拔,我必须挑选不找任何借口地完成任务的人。"

任何借口都是推卸责任。在责任和借口之间,选择责任还是选择借口,体现了一个人的行事风格和生活态度。借口能消磨人的斗志,或让人遗忘自己的责任所在。不幸的是,在生活中,我们经常会听到这样或那样的借口。借口在我们的耳畔窃窃私语,告诉我们不能做某事或做不好某事的理由,它们好像是"理智的声音"、"合情合理的解释",冠冕而堂皇,却常常让我们沉湎于令人腐化的温床,并为此付出失败的代价。

美国成功学家格兰特纳说过这样一段话:"如果你有自己系鞋带的能力,你就有上天摘星的机会!'甩'开借口,我们才能与责任同行!"

西点军校的莱瑞·杜瑞松上校在第一次赴外地服役的时候,有一天连长派他到营部去,交代给他7件任务:要去见一些人;要请示上级一些事;还有些东西要申请,包括地图和醋酸盐(当时醋酸盐严重缺货)。杜瑞松下定决心把7件任务都完成,虽然他并没有把握要怎么去做。果然事情并不顺利,问题就出在醋酸盐上。他滔滔不绝地向负责补给的中士说明理由,希望他能从仅有的存货中拨出一点儿。杜瑞松一直缠着他,到最后不知道是被杜瑞松说服了,相信他要醋酸盐确实有重要的用途,还是被他缠得没有办法了,中士终于给了他一些醋酸盐。

杜瑞松上校的举动给我们提供了一个责任的范本。杜瑞松回去向连长复命的时候,连长并没有多说话,但是很显然他有些意外,因为要在短时间里完成7件任务确实非常不容易。或者换句话说,即使杜瑞松不能完成任务,也是可以找到借口的。但是杜瑞松根本就没有想到去找借口,他心里根本就没有过推脱责任的念头。

拿破仑·希尔说:"制造托词来解释自己的行为,这已是世界性的问题。这种习惯与人类的历史同样古老,这是成功的致命伤!"哲学家艾乐勃·赫巴德说:"我对自己一向是个谜,为何人们用这么多的时间制造借口以掩饰他们的弱点,并且故意愚弄自己。如果用在正确的地方,这些时间足够矫正这些弱点,那时便不需要借口了。"富兰克林·罗斯福因患小儿麻痹症而下身瘫痪,他是最有资格找借口的。可是他从来不找任何借口,而是以信心、勇气和顽强的意志向一切困难挑战,成为了美国总统。他以病残之躯在美国历史上,也在人类历史上写下了辉煌的篇章。

当你为自己寻找借口的时候,你也许会愿意听听这个故事:

一个漆黑、凉爽的夜晚,在墨西哥市,坦桑尼亚的奥运马拉松选手艾克瓦里吃力地跑进了奥运体育场,他是最后一名抵达终点的选手。

这场比赛的优胜者早就领了奖杯,庆祝胜利的典礼也早就已经结束,因此艾克瓦里一个人孤零零地抵达体育场时,整个体育场空荡荡的。艾克瓦里的双腿沾满血污,绑着绷带,他努力地绕体育场一圈,跑到了终点。在体育场的一个角落,享誉世界的纪录片制作人格林斯潘远远地看到了这一切。在好奇心的驱使下,格林斯潘走了过去,问艾克瓦里,为什么要这么吃力地跑至终点。

这位来自坦桑尼亚的年轻人轻声地回答说:"我的国家从两万多公里之外送我来这里,不是叫我在这场比赛中起跑的,而是派我来完成这场比赛的。"

没有任何借口,没有任何抱怨,责任就是他一切行动的准则。

品德悟语

借口是对软弱的掩饰,是对慵懒的包容,是对现实的逃避,是对责任的畏惧。我们既然可以浪费这么多时间寻找失败的借口,为什么不用点儿时间想想成功的理由。

你是别人的一棵树——热心助人篇

培养小学生好品德的 100 个故事

　　一个盲人老太太需要在晚上工作，她身上常常挂着一盏灯，人们奇怪地问她为什么这样做，她说："我这盏灯不是给自己看的，而是给路人看的，他们因为灯看清了路，我自己也不会因为黑暗而被别人撞到。"

　　上帝给了每一个人燃烧的机会，在你给别人温暖的同时，你自己也发出了耀眼的光辉！

救人与自救

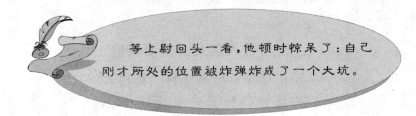

等上尉回头一看,他顿时惊呆了:自己刚才所处的位置被炸弹炸成了一个大坑。

一场鏖战正酣,上尉在阵地上指挥士兵们打退了敌人的一次次进攻。

突然,阵地上响起了防敌空袭的警报。

这时,一架敌机向阵地俯冲过来。

上尉命令士兵们紧急就地卧倒。

可是上尉并没有就地卧下。他发现四五米之外有一个小士兵仍然浑然不觉。

他毫不犹豫,一个飞身鱼跃将小士兵扑倒,紧紧地压在自己的身下。

随着一声巨响,飞溅的泥土纷纷落在他俩身上,所幸的是安然无恙。

他俩起身拍拍身上的尘土,相视一笑。

可是,等上尉回头一看,他顿时惊呆了:自己刚才所处的位置被炸弹炸成了一个大坑。

品德悟语

不要以为付出就是损失,其实很多时候,付出更像耕耘,撒下种子的时候可能会少了些成本,但日后却是成倍的收获。

一杯温开水

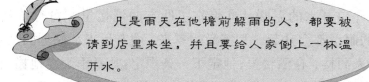

凡是雨天在他檐前躲雨的人，都要被请到店里来坐，并且要给人家倒上一杯温开水。

这是朋友对我讲的故事。

十年前,他还在深圳打工,整天帮人家淘下水道,身上总有一股下水道的异味,让人侧目。所以,他一般不到热闹地方去。那个城市的繁华和优雅是那个城市的,装不进他兜里一点点,他住工棚,倚墙角,吃冷馒头。

一日,天下雨,是深秋的雨。他当时已淘好一家酒楼的下水道,雨大,回不了,就倚在酒楼的檐下躲雨,一边就掏出了怀里的冷馒头吃。

冷。他抱臂,转过脸,隔了酒楼玻璃的窗,望着里面蒸腾的热气和温暖。一些人悠闲地在吃饭,他想,若是有一杯热热的茶喝,多好。他在心里面笑着对自己摇头,我怎么可以那样奢望呢? 他看天,只等雨歇,好回他的工棚去。

这时,酒楼的门忽然开了,从里面走出一位服务员,服务员径直走到他跟前,彬彬有礼地对他说,先生,您请进。他愣住了,结巴着说:"我,我,不是来吃饭的,我,只是躲会儿雨。"服务员微笑着说:"进来吧,外面雨大。"朋友拒绝不了那样的微笑,跟进去了。他暗地里想,想宰我? 我除了身上的破衣裳,什么也没有。

他被引到一张椅子上坐定,另一个服务员端来一杯温开水。"先

生,请喝水。"同样彬彬有礼。朋友不知道她们葫芦里卖的什么药,想,既来之,则安之。遂毫不客气地端起茶杯,把一杯水喝得干干净净,且把怀里的另一个冷馒头掏出来吃了。服务员又帮他续上温开水,他则接着喝,喝得身上暖暖的,额上渗了细密的汗,舒坦极了。

后来,雨停了。他以为那些服务员会来收钱的,但是没有。他坐等一会儿,还是没有一个人来问他的事。刚才喊他进来的服务员正站在大门口送客,他忍不住走过去问:"开水不收钱吗?"服务员微笑:"先生,我们这儿的白开水是免费的。"

那一杯白开水的温暖从此烙在了朋友的记忆里。每每谈到深圳人,朋友的眼里都会升起一片感激的雾来。朋友后来从深圳回来发展,也开了一家酒楼。在酒楼里,他定下一条规定:凡是雨天在他檐前躲雨的人,都要被请到店里来坐,并且要给人家倒上一杯温开水。

世界的美好,因此摇曳和放大在一杯温开水之中。

(丁立梅)

品德悟语

不要吝惜自己的情感,不要浪费手中多余的东西,虽是一杯温开水,却会暖透心灵,贵比千金。在人与人之间,简单的表面下有无数的真情等待我们用心灵去挖掘。

行　善

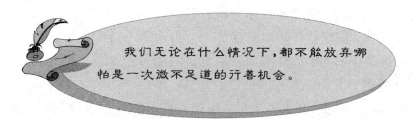

我们无论在什么情况下,都不能放弃哪怕是一次微不足道的行善机会。

　　快下班的时候,一对年轻的夫妻抱着几个月大的孩子来上户口。从他们递上来的资料里我看到孩子姓名的后两个字是"行善"。"很特别啊!"我把头抬向他们笑笑。

　　"是的,而且,有不同寻常的意义。"那个男人说,"因为我们——我是说,我、我的妻子和我们的孩子,都是6·22海难事故的幸存者。"

　　2002年6月22日,浓雾弥漫。他和妻子坐上曾坐过多年的"榕建号"客轮。那天,准载100人的客船实际承载了200多人,没有一个人意识到死神正伸出狰狞的双手逼向他们。

　　当过重的船身骤然倾覆,一瞬间,他的大脑也如当时的场面般混乱。他的耳边充斥惊慌失措的哀嚎、尖叫和哭泣。他看到许多双绝望挥舞的手,和渐渐随着水流沉浮远去的头颅。他根本来不及细想究竟发生了什么,只是在一种求生本能的驱使下奋力划开水流。当他筋疲力尽地爬上岸仰面朝天喘着粗气的时候,他清楚地知道自己那不会游泳的已有孕在身的妻子恐怕早已……

　　就在这时他发现河流里飘来什么,好像是一个女人的头发。扑腾的水花表明那个人还活着,并且正在努力求生。他已经很累了,近乎虚脱,但"救人"的念头还是强烈地占据了上风,他又跳了下去。

第四辑　你是别人的一棵树——热心助人篇

好不容易把那女人拖上岸，他虚弱得已睁不开眼睛。两个人就这么水淋淋地躺着。不知是过了多久，昏厥中他听到喧闹的人声，是救援的人们过来了。他被人家扶起来，出于好奇心，他忍不住去望了他救的女人一眼，这一下他惊得"噌"地跳起来——那个也同样睁着一双惊慌的眼睛望着他的女人，竟然正是他的妻子！世界忽然死一般寂静，时间仿佛在那一刻停止了流动……蓦地，夫妻俩抱头痛哭！

"如果……"故事讲到这里，我正要插嘴，那个男人制止了我："你是想问，如果当时我侥幸自保后没有救人的话……"

我默然，事实上谁都知道这是一个再简单不过的答案。

可这答案，却维系着两个至亲至爱的生命！一念之差，得与失又是如何分明啊。

"天是有眼的。助人者天助。所以我们给孩子取名'行善'。我们无论在什么情况下，都不能放弃哪怕是一次微不足道的行善机会。"

(舟　舟)

品德悟语

　　德行善举是唯一不败的投资，在别人的心灵里埋下友善的种子，根系深远，待到开花结果，自己也可能有收获的一份。乐善好施的人，是这个世界上最明智的投资家。

临 终 关 怀

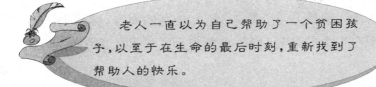

老人一直以为自己帮助了一个贫困孩子，以至于在生命的最后时刻，重新找到了帮助人的快乐。

有位女孩报名参加了临终关怀志愿者活动，照顾一些身患绝症、不久于人世的老人的起居。

女孩照顾的是一位癌症患者，老人的子女在国外，老人自己有不少积蓄。女孩去之前，医生告诉她，老人已经对自己绝望了，希望她能安慰他。

每个星期六，女孩准时来到老人身边，和他说说话，讲故事。护士给他打吊针的时候，女孩帮他揉手臂。

医生发现，自从女孩来了之后，老人的精神有了很大改善。他开始主动配合医生治疗，病痛发作的时候，他也不会大喊大叫，而是默默忍着，待人接物的态度也变了。

医生为老人的变化感到高兴。

但医生发现一个令人不安的事情。每个周末，每当女孩离开时，老人就会取出一些钱，交给女孩。而女孩总是欣然接受，并说："谢谢爷爷！"

医生怕自己去干涉，会让老人不高兴，一直忍着不说。一个月后，老人不行了，几次昏迷。

在一次昏迷被抢救过来后，老人托付医生："女孩太可怜了，希望医生能帮助女孩完成学业。"

不久，老人就去世了。

医生知道女孩欺骗了老人，因为女孩的家境很好，上学根本不成问题。有时候，她是由父亲的私家车载着来的。但医生不明白女孩为什么要欺骗老人，接受老人的钱。

又一个周末到了。

女孩再次出现在临终关怀医院，医生告诉她，老人已经去世了。女孩很悲伤地流泪了。她取出500元钱，对医生说："老人一直鼓励我好好上学，他还给我钱，让我不要辍学。"

医生听了，感慨万千。原来，老人一直以为自己帮助了一个贫困孩子，以至于在生命的最后时刻，重新找到了帮助人的快乐。

（陆勇强）

品德悟语

人生有三个阶段：被动地从社会中获取，主动地从社会中获取和把获取的一切都逐一归还于社会。如果一个人仅仅想到获取，那么在他一生里，伤心的事情一定比快乐的事情来得多。只有奉献，才是快乐的根本。

最后一条短信

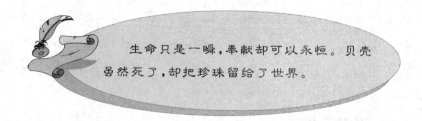

生命只是一瞬，奉献却可以永恒。贝壳虽然死了，却把珍珠留给了世界。

又一阵撕心的咳嗽，高晓洁仿佛看见了自己的肺叶像一只枯萎的黑蝶，正在慢慢地从空中坠落，已经没有了方向，坠啊，坠啊。

抢救人员在她身边忙碌着,高晓洁挣扎着,用尽最后的气力,将储存在手机中的最后一条短信发了出去。

　　20 天前的那个黄昏,高晓洁和丈夫一同从医院下班回家时,就有一种不祥的预感。那天下午是高晓洁当班,作为内科主治医生,她一听完病人主诉,心中就往下一沉,莫不是"非典"? 丈夫笑着对她说,才听说的病,你不会赶上时髦的。

　　两天后,高晓洁高烧不退,那天的那个病人被确诊为"非典",高晓洁和丈夫都被隔离了。第三天,高晓洁呼吸都有些困难了,见此情景,她所在的医院马上向当时全国治疗"非典"条件最好的解放军 302 医院求援。虽然当时 302 医院床位异常紧张,但仍挤出 4 个转院名额,给了他们。此时,医院的每一位被感染后正在接受治疗的医护人员,心里都非常清楚,这样的机会意味着什么。可当丈夫对高晓洁说了这一喜讯时,躺在病床上的高晓洁却坚持不去,她说,你别忘了,我们身边还有一些更年轻的兄弟姐妹倒下了,他们更需要转到条件好的医院去治疗,让他们先去吧。随后的日子里,高晓洁有两次转院的机会,但都被她抵了回去;直到最后一次,她已经不能动弹了,才转到 302 医院。

　　转院当晚 10 点多钟,一直等候着消息的高晓洁的丈夫手机响了,电话里传来高晓洁一阵特别微弱的声音,她近乎耳语般地说,老公,你先别说,听我说。我现在说话很困难,我尽量少说话,一会儿我给你发个信息,这个信息你千万要记住。

　　夫妻俩谈了会儿,挂断电话后,丈夫就从手机上收到了妻子高晓洁发来的一条信息。高晓洁发来的这条信息,既不是妻子说给丈夫的情话,也不是告诉丈夫她的病情,而是把她在 302 医院所受治疗用的服用药物、治疗方案,写在手机上给丈夫发过来了——

　　2003 年 4 月 6 日,高晓洁的治疗方案:怎么用药? 多大剂量? 一天用几次? 等等。在这些后面,她又嘱咐丈夫,让他尽快把这个治疗方案告诉医院:"我转到这边医院了,还有好多人没转过来,让他们赶紧用上这个专门的治疗方案。"

　　如此,转院之后,治疗中的高晓洁在病床上,把每次的治疗方案和药剂用量,都通过手机信息,发给丈夫:

2003 年 4 月 6 日,NS100ml+利巴韦林 600ml2／日,5%GS100ml;

2003 年 4 月 9 日,5gVD5%GS100ml+凯西莱 0.2gVD,0.2%利复星 100ml;

……

看着这些短信,丈夫含着泪一一转到医院治疗组。他无法想象病中的高晓洁是怎样颤抖着发出这些短信的。

可 2003 年 4 月 15 日,高晓洁的丈夫收到的一条高晓洁发来的特殊短信,这次上面没有治疗方案,只有简单的几个字:老公,我爱你!

高晓洁的丈夫大惊,他急忙拨打高晓洁的手机,手机铃声响着,可无人接听。铃声响在 302 医院的一个病床上,响在一个医生瘦弱但却有力的手中。

这件事已经过去很多时日了,那段噩梦般的日子也渐行渐远,淡出了人们的视线,听说,最近有一家网站正在评选最让人感动的短信故事,我向他们寄去了这个短信故事,"2003 年 4 月 6 日,NS100ml+利巴韦林 600ml2／日,5%GS100ml……"我不知道,这个真实的故事能不能入选。

品德悟语

　　做春蚕是幸福的,因为能用自己吐出的丝温暖他人;做火柴是伟大的,因为能用自身的光亮驱走周围的黑暗。生命只是一瞬,奉献却可以永恒。贝壳虽然死了,却把珍珠留给了世界。

奉献一点儿爱心，往往就可以美丽一生

我想以你的名义，捐一笔钱给北美机构，让天下所有不幸的人都感受到你博大的爱心。

乔治是华盛顿一家保险公司的营销员。

有一次他为女友买花，认识了一家花店的老板本。其实也只是认识而已，他总共只在本的花店里买过两次花。

后来，乔治因为为客户理赔一笔保险费，被莫名其妙地控以诈骗罪投入监狱，他要坐10年的牢。听到这个消息后，他的女友离开了他。他更是心灰意冷了，因为10年的时间太长了，他过惯了热烈、激情的生活，不知自己该如何打发漫长的没有爱，也看不到光明的日子，他对自己一点儿信心也没有。

乔治在监狱里过了郁闷的第一个月，他几乎要疯了。这时，有人来看他。他有些纳闷儿，在华盛顿他没有一个亲人，他想不出有谁还记着他。

在会见室里，他不由得怔住了，原来是花店的老板本。本给他带来了一束花。

虽然只是一束花，却给乔治的牢狱生活带来了生机，也使他看到了人生的希望。他在监狱里开始大量地读书，钻研电子科学。

6年后，他获释。他先在一家电脑公司做雇员，不久自己开了一家软件公司，两年后，他身价过亿。

成为富豪的乔治,去看望本,却得知本已于两年前破产了,一家人贫困潦倒,举家迁到了乡下。

乔治把本一家接回来,给本一家买了一套楼房,又在公司里为本留了一个位置。乔治说,是你那年的一束花,使我留恋人世的爱和温暖,给予我战胜厄运的勇气。无论我为你做什么,都不能回报当年你对我的帮助,我想以你的名义,捐一笔钱给北美机构,让天下所有不幸的人都感受到你博大的爱心。

后来,乔治果然捐了一大笔钱出来,成立了"华盛顿·本陌生人爱心基金会"。

品德悟语

爱的力量是惊人的,它可以让一个悲观厌世的人奋发向上,也可以使一个濒临绝望的人重燃希望,甚至可以把一个冷血的杀手感动得热泪盈眶。只要有爱,世间就能永存春天般的温暖。

在 路 上

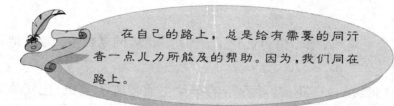

在自己的路上,总是给有需要的同行者一点儿力所能及的帮助。因为,我们同在路上。

那时我还是一个在武汉读书的穷学生。国庆节,买了张没有等级的船票——散席,和同学沿江东下去庐山玩。

所谓的散席在舱底，空气很差，我们放下行李留一人看着，便上甲板透气。直到夜深了敌不过甲板上的飕飕冷风，才回舱底。舱底的人已经横七竖八地卧下，我们用行李占据的地方太小，只能挤着坐。右边是对穿着脏兮兮衣服的父子，一看就是乞丐。小乞儿看上去 10 岁左右，是个盲孩，骨碌转着一双白眼偎在他瘦瘦的父亲怀里，说着什么，不时乐得咯咯笑。隐约闻到一股异味，想着必是来自他们。但当时实在是没有其他空间了，只能挨着他们坐下。

男人跟我搭起腔来，说出来好多年了，去过许多地方，现在要到庐山去工作，旅游点好挣钱些。我一听暗暗笑，明明是行乞，还美其名曰工作。不过我并没有将情绪表现出来。那时还有些属于年轻的浮傲，虽然不会摆姿态，但以为自己是堂堂的大学生，跟乞丐坐一块已经很掉价了，当然不会认真跟他谈，只是有一搭没一搭地接他的话，大部分时间，都是他在说。不知不觉，倦意上来。男人看出我的困倦，起身挪开他的行李——那是他的所有家当——并用几张不知从哪捡来的旧报纸铺开，安顿了他的儿子之后，示意我也躺下。我看了看那个脏脏的孩子，犹豫了一下，还是躺下了。生理的需求毕竟是真实而强烈的；不过，还是极力离开那孩子，而紧紧挨着另一侧的同学。

半夜，凉意更浓，我被冻得缩成一团。忽然感觉有人碰了我的身体，惊醒过来，一看，见那男人把他的孩子往我这边推，我稍稍让了让，以为男人要找个空隙好把自己也躺下，不禁皱了皱眉。

谁知他并不躺下，却从他的家当中拉出一条黑乎乎的被子，盖在孩子以及我身上。被子不大，他先将我盖严实了，再拉扯被角，努力地把男孩子的手脚也塞进被里，然后紧贴男孩子坐下，头伏在膝上，凌乱而枯涩的头发似冻得发抖。

再也睡不着了。那一夜，失眠于颠簸的船上，感到无限温暖。

凌晨，船到九江，忙乱而兴奋地收拾行李，随即被人流挤着往外走。那对父子，不知哪儿去了，我甚至连一声再见都没跟他们说。在庐山的那几天，不能够专注于风景，不断地留意所有行乞的人，但始终没能见到那父子俩。

同学看我近乎失魂落魄的样子，说，别找了，他们只是在路上。

我仿佛一下醒了过来,不再张望。

是的,他们在路上,我也一样,我们各自在路上。

后来,在自己的路上,总是给有需要的同行者一点儿力所能及的帮助。因为,我们同在路上。

（唐素芳）

不要以贫富的程度去揣测别人的心灵。爱可以是堂皇博大的,也可以是简单朴素的,爱没有贵贱之分。爱只能通过心灵去对话,它可以超越外表,汇聚成一股强大的暖流,温暖人间。

医生的天职

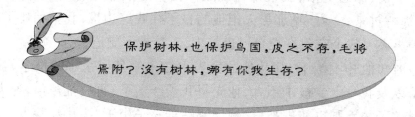

保护树林,也保护鸟国,皮之不存,毛将焉附？没有树林,哪有你我生存？

乌鸦"苦呀,苦呀"地叫着,村庄的人们有一种厌恶感。

乌鸦拍着翅膀飞到森林去了,见啄木鸟在树上不停"笃笃笃"。尖尖的嘴巴啄了几下,就把树里的小虫捉了出来。

乌鸦便问啄木鸟:"你每天给树林治病挣了不少钱吧？""没有。"对方答。

乌鸦撇嘴:"算了吧,挣了就挣了呗,我又不会向你借钱。"

"别人给一棵树治病最少是20元,你多少总得收点儿吧？"乌鸦又问。

啄木鸟说:"我是外科医生,治病救人是我的天职,我从小就受父母的教育,帮助别人不能要酬谢的。"

乌鸦不理解:"你呀!太迂,太死板了,不管怎样给点儿空中飞翔的辛苦费吧,也该说得过去。不会是义务劳动吧?"

"义务劳动哪点儿不好?保护树林,也保护鸟国,皮之不存,毛将焉附?没有树林,哪有你我生存?"啄木鸟反问。

品德悟语

　　自私自利的人,满脑子盘算的是如何从别人那里获取自己的利益;无私奉献的人,不认为自己的付出是一种损失,从不讨价还价,只是埋头苦干。前者永远痛苦,后者快乐伴随。

身边的好人

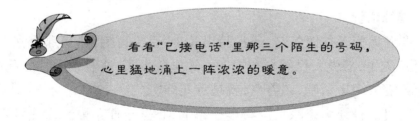

看看"已接电话"里那三个陌生的号码,心里猛地涌上一阵浓浓的暖意。

　　正在外面办事,手机响了,看一眼,是个陌生的号码。刚按了接听键,里面就传来一个陌生而又急促的中年女人声音:"你们家老人摔在17号楼这儿了,还昏着呢,我从他身上摸出个条儿,您是第一联系人,所以通知您一声儿,赶紧过来吧。"

　　脑子里"嗡"的一声,嘴上机械地说了声谢谢,那边就把电话挂了。

　　定定神一想,准是我岳父。老人前几年查出有癫痫病,虽然来北京

后已经有一年多没犯了，可为了以防意外，媳妇在他衣服口袋里放了个纸条，上面写着我们俩的联系电话，没想到今天真用上了。

可急归急，想到自己现在离家远，而媳妇今天正好在家里，赶紧拨她的手机，但却是占线声。

想到了她也是在接电话，但心里仍旧是更加没底了。管不了那么多了，赶紧先往回赶吧。急急忙忙拧开自行车锁，人还没骑上去，手机又响了，一看，还是刚才那个号码，也仍旧是那个声音，但语气已经不像刚才那么急促了："先生，我又给条儿上的第二联系人打电话了，应该是您爱人吧。您别着急了，她知道我给您打过电话了，说马上就赶过来。"

"是吗？那好那好，谢谢您啊！"我内心里感激万分，"我也正往回赶呢。"

"我就在您家老人身边呢，他已经过去劲儿了，现在能坐起来了，就是脸上摔破了，流了不少血，社区医院的医生正给处理呢，您不用太着急啊。"

"哎呀，真是太感谢您了，太感谢您了！"我忙不迭地说着。

"您别客气了，邻里邻居的。"对方说完挂了手机。

十来分钟后，手机又响了，这次是媳妇，"有人给你打过电话，你都知道了吧？没太大事儿，我已经打上车了，送我爸去水利医院，医生说脸上得缝两针。"

我开始骑车往医院赶，还没骑出几步，手机再响，还是那个女人的声音："先生，您爱人已经打车把老人送医院去了，我看她手忙脚乱的，还是给您打个电话吧，别着急，就是点儿外伤。"

我自然是连声感激了。骑车在路上，心里一直在想："今儿可真是遇到热心人了啊！"

到了水利医院，岳父在处置室缝针，媳妇正等在走廊里呢。详细问了经过后，我才知道，把社区医生给叫去的，也是那个女人。

我把她三次给我打电话的经过也告诉了媳妇，接着问："她住几号楼哇？咱可得好好谢谢人家呀。"

媳妇一拍脑袋："嗨，我光顾着着急了，忘了问了。哎，对了，咱不是有她手机号吗？"

我掏出手机，看看"已接电话"里那三个陌生的号码，心里猛地涌上一阵浓浓的暖意。轻轻点取其中一个，选择了"保存号码"。

在姓名一栏，我输入的是：身边的好人。

（梅林横笛）

品德悟语

　　爱是一条无形的信息，可以突破时空，散发给每一个人，弥漫整个世间。素未谋面的陌生人，也可以让人感受到爱就在身边，因为关怀、慈善和同情是彼此交流的共同语言。

你是别人的一棵树

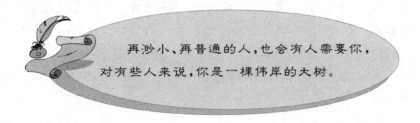

再渺小、再普通的人，也会有人需要你，对有些人来说，你是一棵伟岸的大树。

有个人一生碌碌无为，穷困潦倒。一天夜里，他实在没有活下去的勇气了，就来到一处悬崖边，准备跳崖自尽。

自尽前，他号啕大哭，细数自己遭遇的种种失败挫折。崖边岩石上生有一株低矮的树，听到这个人的种种经历，也不觉流下眼泪。人看到树流泪，就问它："看你流泪，难道也同我有相似的不幸吗？"

树说："我怕是这世界上最苦命的树了，你看我，生长在这岩石的缝隙之间，食无土壤，渴无水源，终年营养不足；环境恶劣，让我枝干不

得伸展，形貌生得丑陋；根基浅薄，又使我风来欲坠，寒来欲僵，别人都以为我坚强无比，其实我是生不如死呀。"

人听罢，不禁与树同病相怜，就对树说："既然如此，为何还要苟活于世，不如我们一同赴死去吧！"

树想了想说："死，倒是极其容易的事，但我死了，这崖边就再没有其他的树了，所以死不得。"

人不解。树接着说："你看到我头上这个鸟巢没有？此巢为两只喜鹊所筑，一直以来，他们在这巢里栖息生活，繁衍后代。我要是不在了，这两只喜鹊可咋办呢？"

人听罢，忽有所悟，就从悬崖边退了回去。

其实，每个人都不只是为了自己活着。再渺小、再普通的人，也会有人需要你，对有些人来说，你是一棵伟岸的大树。

（感　动）

不要只看到自己的不幸，其实每个人都是一盏灯，如果熄灭了，就会影响到整个它所照见的范围。快乐的人像阳光，可以把温暖带给身边的人；悲观的人则像寒风，让别人也陪着一起寒冷。

脚比路长——勤勉篇

培 养 小 学 生 好 品 德 的 100 个 故 事

每个人都知道,在茫茫的沙漠中就算有一片绿洲也是极其渺小的。然而在非洲,尼罗河竟能穿行几千米的沙漠地区并形成了一条长长的绿色走廊,创造了世界河流的一大奇迹。这是因为尼罗河从来没有停止过跋涉。

脚比路长,远方无论多远,就怕没有勤劳实干的双足抵达。

艾米没有赚到钱

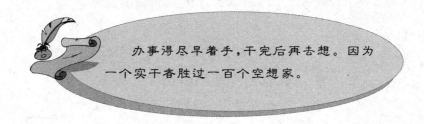

办事得尽早着手，干完后再去想。因为一个实干者胜过一百个空想家。

　　艾米是一个可爱的小姑娘，可是她有一个坏习惯，那就是她每做一件事，都把时间花在不必要的准备工作上，而不是马上行动。

　　和艾米住在同一个村子里的索顿先生有一家水果店，里面出售像本地产的草莓这类水果。一天，索顿先生对贫穷的艾米说："你想挣点儿钱吗？"

　　"当然想，"她回答，"我一直想有一双新鞋，可家里买不起。"

　　"好的，艾米。"索顿先生说，"格林家的牧场里有很多长势很好的黑草莓，他们允许所有人去摘。你去摘了以后把它们都卖给我，1夸脱我给你13美分。"

　　艾米听到可以挣钱，非常高兴。于是她迅速跑回家，拿上一个篮子，准备马上就去摘草莓。这时，她不由自主地想到，能先算一下采5夸脱草莓可以挣多少钱比较好。于是她拿出一支笔和一块小木板，计算结果是65美分。

　　"要是能采12夸脱呢？"她计算着，"那我又能赚多少呢？""上帝呀！"她得出答案，"我能得到1美元56美分呢。"

　　艾米接着算下去，要是她采了50、100、200夸脱，索顿先生会给她多少钱。她将不少时间花费在这些计算上，一下子已经到了中午吃饭的时间,她只得下午再去采草莓了。艾米吃过午饭后,急急忙忙地拿起篮子向牧场赶去。而许多男孩子在午饭前就到了那儿,他们快把好的草莓都摘光了。可怜的小艾米最终只采到了1夸脱草莓。

回家的途中,艾米想起了老师常说的话:"办事得尽早着手,干完后再去想。因为一个实干者胜过一百个空想家。"

拿破仑说过:行动和速度是制胜的关键。下决定就下一次,但是行动一定要快并且要多,成功的人之所以会成功,那是因为他行动的次数比你多。

先洗好那试管

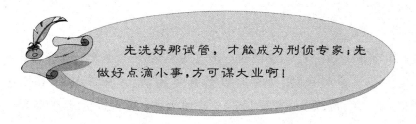

先洗好那试管,才能成为刑侦专家;先做好点滴小事,方可谋大业啊!

当年,刚到美国时,他跑断了腿,磨破了嘴,才在纽约大学医疗中心找到一份工作,每天负责清洗化验室中的试管和仪器。头一天上岗,两个老化验员就善意地忠告他:"事情不要做得太快,你可以东转转,西逛逛,等到临下班前一小时再做事好啦。"他有些不解:"这是为何?不是快点儿做就可以早点儿把事情做完吗?"二位继续以"老鸟"的态度对他说:"这些试管和仪器是洗不完的,你做得再多,到了明天还有一大堆要洗,又没有多拿工钱,何苦呢?"

然而，一向严谨的他实在不敢苟同，但又不好说什么，就报之以沉默。

他每天一上班就赶在第一个小时而不是最后一个小时内，将全部的试管和仪器洗得干干净净。然后，他利用空闲时间主动向技师学习如何操作仪器，并且开始帮主持化验室的生化大师、诺贝尔奖得主奥佐亚教授做一些研究工作。

很快，他被升为研究助理，并以比别人多修一倍学分的方式，两年内拿到大学文凭；一年半后，又从纽约大学取得生物化学及分子化学的硕士学位。仅三年半，他就令人惊讶地完成了"两级跳"。1975年，他仅仅用了一年的时间，便获得了一般人花三四年才能得到的博士学位。

若干年后，他回首往昔，不无感慨地说道："如果当初听了那两位'老鸟'化验员的话，可能到今天我还在纽约大学医疗中心洗试管。"

他究竟是谁呢？不是别人，正是国际知名的刑事侦缉专家李昌钰博士。先洗好那试管，才能成为刑侦专家；先做好点滴小事，方可谋大业啊！

(谈笑生)

不积小流，无以成江海。其实每一个所谓的"大事业"就是由许多小事构成的，如果你真的想要成功，就千万别看不起身边的小事，所以，一定要摆正自己的心态，从身边的小事做起。

最傻的人成功了

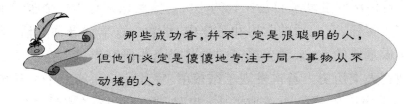

那些成功者，并不一定是很聪明的人，但他们必定是傻傻地专注于同一事物从不动摇的人。

1862 年，德国哥丁根大学医学院的亨尔教授迎来了他的新学生。在对新生进行面试和笔试后，亨尔教授脸上露出了笑容，但他马上又神色凝重起来。因为他隐约感觉到这届学生中的很大一部分人是他教学生涯中碰到的最聪明的苗子。

开学不久的一天，亨尔教授突然把自己多年积下的论文手稿全部搬到教室里，分给学生们，让他们重新仔细工整地誊写一遍。

但是，当学生们翻开亨尔教授的论文手稿时，发现这些手稿已经非常工整了。所以几乎所有的学生都认为根本没有重抄一遍的必要，做这种没有价值而又繁冗枯燥的工作实在浪费自己的青春和生命。有这些时间，还不如发挥自己的聪明才智去搞研究。他们的结论是，除非傻子才会坐在那里当抄写员。最后，他们都去实验室里搞研究去了。让人想不到的是，竟然真有一个"傻子"坐在教室里抄写教授的论文手稿，他叫科赫。其实，科赫也不知道教授为什么要他抄写这些手稿，但他认为教授这样做应该有他的道理。但是，同学们都开始取笑科赫，他们叫他"最傻的人"。

一个学期以后，科赫把抄好的手稿送到了亨尔教授的办公室。看着科赫满脸疑问，一向和蔼的教授突然严肃地对他说："我向你表示崇

高的敬意，孩子！因为只有你完成了这项工作，而那些我认为很聪明的学生，竟然都不愿做这种繁重、乏味的抄写工作。"

"我们从事医学研究的人，不光需要聪明的头脑和勤奋的精神，更为重要的是一定要具备一种一丝不苟的精神。特别是年轻人，往往急于求成，容易忽略细节。要知道，医理上走错一步，就是人命关天的大事啊！而抄那些手稿的工作，既是学习医学知识的机会，也是一种修炼心性的过程。"教授最后说。

这番话深深触动了科赫年轻的心灵。他意识到身为一个医学工作者的重大责任，在此后的学习和工作中，科赫一直牢记导师的话，他老老实实做最傻的人，来涵养严谨的学习心态和研究作风。这种做事态度让他在人类历史上首次发现了结核菌、霍乱菌。而第一个发现传染病是由于病原体感染而造成的人，也是这位叫科赫的"最傻的人"。1905年，鉴于在细菌研究方面的卓越成就，瑞典皇家学会将诺贝尔生理学与医学奖授予了科赫。

如果把科赫的经历和你周围的人相印证，你就会发现一个令人深思的问题：那些成功者，并不一定是很聪明的人，但他们必定是傻傻地专注于同一事物从不动摇的人。

(感　动)

品德悟语

不要为自己没有超人的智力和才华而烦恼，因为，你只要执著于一个目标，并为之坚持不懈地努力，成功也一定会如期与你相遇。

承受极限

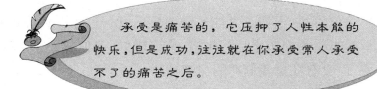

承受是痛苦的，它压抑了人性本能的快乐，但是成功，往往就在你承受常人承受不了的痛苦之后。

一个年轻人毕业后被分配到一个海上油田钻井队。在海上工作的第一天，领班要求他在限定的时间内登上几十米高的钻井架，把一个包装好的漂亮盒子送给最顶层的主管。他抱着盒子，一溜儿小跑，快步登上那高高的狭窄的舷梯，当他气喘吁吁、满头是汗地登上顶层，把盒子交给主管时，主管只在上面签下自己的名字，让他再送回去。他又快步跑下舷梯，把盒子交给领班。领班也同样在上面签下自己的名字，让他再送给主管。

他看了看领班，稍犹豫了一下，又转身登上了舷梯。当他第二次登上顶层，把盒子交给主管时，浑身是汗两腿发颤。主管和上次一样，在盒子上签下他的名字，让他把盒子再送回去。他擦擦脸上的汗水，转身走向舷梯，把盒子送下来，领班签完字，让他再送上去。

这时他有些愤怒了，他看看领班平静的脸，尽力忍着不发作，他擦了擦满脸的汗水，抬头看了看那刚刚走下的舷梯，抱起盒子，艰难地一个台阶一个台阶地往上爬。当他上到最顶层时，浑身上下都湿透了，汗水顺着脸颊往下淌，他第三次把盒子送给了主管。主管看着他，傲慢地说：把盒子打开。他撕开外面的包装纸，打开盒子，里面是两个玻璃罐，一罐咖啡，一罐咖啡伴侣。他愤怒地抬起头，双眼喷着怒火，射向主管。

主管又对他说："把咖啡冲上。"年轻人再也忍不住了，叭地一下，把盒子扔在地上："我不干了。"说完，他看看倒在地上的盒子，感到心里痛快了许多，刚才的愤怒被释放出来。

这时,傲慢的主管站起身来,直视他说:"你可以走了。不过,看在你上来三次的份上,我可以告诉你,刚才你做的那些,叫做承受极限训练。因为我们在海上作业,随时会遇到危险,就要求队员身上一定要有极强的承受力。承受住各种危险的考验,才能成功地完成海上作业任务。可惜,前面三次你都通过了,只差最后一点点,你没有喝到你冲的甜咖啡,现在,你可以走了。"

承受是痛苦的,它压抑了人性本能的快乐,但是成功,往往就在你承受常人承受不了的痛苦之后。可惜,许多时候,我们只差一点点,为了一时痛快,而没有喝到我们冲的甜咖啡。

(林 夕)

品德悟语

我们常常感叹在离成功仅一步之遥时,却与之失之交臂,其实这并不是命运的捉弄,而是你没有坚韧不拔地向成功再进一步。

两 颗 种 子

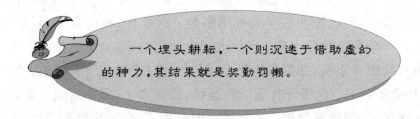

一个埋头耕耘,一个则沉迷于借助虚幻的神力,其结果就是奖勤罚懒。

有两个追求幸福的穷苦青年,经过艰难的跋涉,终于在一个很远的地方,找到了幸福的使者。使者见他们都有一颗善良的心,便给了他们每人一颗幸福的种子。

一青年回去后,将种子撒在自己的土地里,不久他的土地里就长出了一棵树苗。他每天辛勤地浇灌,第二年枝繁叶茂,果实挂满枝头。他继续努力,渐渐拥有了大片的果园,成了远近闻名的富足之人。他娶了妻子,有了孩子,过上了幸福的生活。

另一青年回去后,设了一个神坛,将幸福的种子供奉在上面,每天虔诚地祈祷。青年把头发都熬白了,却仍然一贫如洗。他十分不解,又跋山涉水来到幸福使者面前,抱怨使者骗他。幸福使者笑而不答,只让他到另一青年那里去看看。当他看到大片的果园时,顿时醒悟,急忙回去将那颗种子埋到土里,但幸福的种子已被虫蚀空,失去了生命力。

一个埋头耕耘,一个则沉迷于借助虚幻的神力,其结果就是奖勤罚懒。

(迟 伟)

品德悟语

每个人的幸福都要靠自己去创造,不要一味地将自己的幸福建立在别人的身上,只有经过自己的辛勤耕耘,你才能真正体会幸福的滋味。

两 种 贫 穷

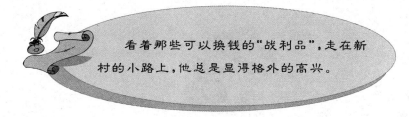

看着那些可以换钱的"战利品",走在新村的小路上,他总是显得格外的高兴。

这是两个人看到的。

一个人看到：在一个美丽的乡村，一天来了一个乞丐，这个乞丐看上去只有三十来岁，长得很结实。乞丐每天端着一个破碗到村民家中讨饭，他的要求不高，无论是稀饭还是馒头他从不嫌弃。

日子稍稍长了，便有人看中他的身材和力气，想让他去帮着打打零工，并许之以若干工钱。岂料此等好事，该乞丐竟一口回绝。说："给人打工挣点儿钱多苦，远不如讨饭来得省力省心。"

另一个人看到：每天傍晚，某居民新村都会有一个老人到垃圾箱里捡垃圾。老人是个驼背，这使得他原本就矮小的身材愈发显得矮小。老人每次从垃圾箱里拾垃圾都仿佛是在进行一场战斗。为了拾到垃圾，他必须将脸紧紧地靠在垃圾箱的口子上，否则他的手就不足以够到里面的"宝贝"。而那个口子正是整个垃圾箱最脏的地方。

老人每次拾完垃圾都像打了一场胜仗，他完全不会顾及别人脸上的那种鄙夷。看着那些可以换钱的"战利品"，走在新村的小路上，他总是显得格外的高兴。

品德悟语

世界上的贫穷有两种，一种是物质上的贫穷，另一种是精神上的贫穷。物质上贫穷，我们仍可以享受精神的富有；但如果精神贫穷了，物质再丰富但我们的精神世界是空虚而乏味的。

成功的理由只有一个

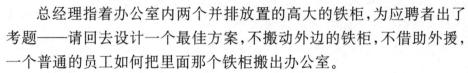

关于成功，谁都可以拥有无数美妙的设想，但最终抵达成功峰顶的，却是那些更善于行动的人。

　　某广告公司以非常优厚的薪水招聘设计主管，求职者甚众。凡经考核，10 位优秀者脱颖而出，汇聚到了总经理办公室，进行最后一轮角逐。

　　总经理指着办公室内两个并排放置的高大的铁柜，为应聘者出了考题——请回去设计一个最佳方案，不搬动外边的铁柜，不借助外援，一个普通的员工如何把里面那个铁柜搬出办公室。

　　望着据总经理称每个起码能有 500 多斤重的铁柜，10 位精于广告设计的应聘者先是面面相觑，不知总经理缘何出此怪题。再看总经理那一脸的认真，他们意识到了眼前考题的难度，又都仔细地打量了一番那并排的两个铁柜，有人还上前推推外面的那个纹丝不动的钱柜。毫无疑问，他们感觉这是一道非常棘手的难题。

　　三天后，9 位聘者们交上了自己绞尽脑汁的设计方案，有的利用了杠杆原理，有的利用了滑轮技术，还有的提出了分割设想……但总经理对那些似乎都很有道理的各种设计方案根本不在意，只随手翻翻，便放到了一边。

　　这时，第 10 位应聘者两手空空地进来了，她是一个看似很柔弱的女孩，只见她径直走到里面那个铁柜跟前，轻轻地一拽柜门上的拉手，那个铁柜竟被拽了出来——原来里面的那个柜子是超轻化工材料做的,只是外面喷涂了一层与外面的那个一模一样的铁漆,其重量不过几十斤,她很轻松地就将其搬出了办公室。

这时,总经理微笑着对众人道:"大家看到了,这位蒋芸女士设计的方案才是最佳的——她懂得再好的设计,最后都要落实到行动上。"

如今已是该市著名广告人的蒋芸,向我讲诉完这段自己当年亲身经历后,非常自豪地告诉我:当时,那9位落选的应聘者都心悦诚服地向我祝贺,因为通过这次考核,他们真切地明白了——失败的理由可能会有许多,但成功的理由却只有一个,那就是行动远远大于思想。关于成功,谁都可以拥有无数美妙的设想,但最终抵达成功峰顶的,却是那些更善于行动的人。

(崔修建)

品德悟语

成功就像一座山,看起来高耸入云,很多渴望成功的人往往被山的高度吓退。其实,山并不是想象中的那样高,那么难以攀登,只要你肯勇敢地迈出你的步子。

勤勉才有收获

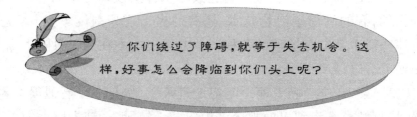

你们绕过了障碍,就等于失去机会。这样,好事怎么会降临到你们头上呢?

幸运女神巡视人间时,经常听到有人抱怨:"为什么好事不会降临到我的头上呢！"

　　为解开人们这个谜，一天晚上，幸运女神把一块大石头放在路中央。

　　一个书生从这儿走过，他想：我年纪小、个头矮，这石头应该是岁数大、力气大的人搬。于是，他绕道走开了。

　　一个老汉走来了，他看看躺在路中央的石头，心里打起了小算盘：这么重的石头，应该由年轻力壮的人搬。于是，他装着没看见，拐个弯儿走了。

　　一个商人走了过来，他刚动手准备搬石头，可一转眼又放下了。他心里嘀咕道：搬石头本不是我的事，谁付我报酬啊？说不定还有人笑我蠢呢！想到这儿，他不声不响地从一旁走了。

　　一天又一天过去了，这块石头仍然躺在大路中央。直到一个黄昏，一个年轻人路过此地，看石头后心里想：这么黑的天，如果有人绊倒了怎么办？把它搬开吧！

　　年轻人费了好大的劲，才把石头移至路旁。但他发现石头下有一个盒子，盒子上写有一行字："送给搬开石头的人。"更令他惊讶的是：盒子里装满金光灿灿的金子。

　　书生、老汉和商人得知消息后，马上聚集到摆放石头的路上，希望也能找一块幸运的石头。可是，找到的只是失望！

　　这时，幸运天使出现在他们面前，说："你们绕过了障碍，就等于失去机会。这样，好事怎么会降临到你们头上呢？"

品德悟语

　　　善良和勤勉总能给人们带来意外的收获，这些收获有时是快乐和满足，有时是物质和财富。收获的原因其实很简单，善良和勤勉在任何时候都乐于帮别人搬开拦路的石头。

天堂的护照

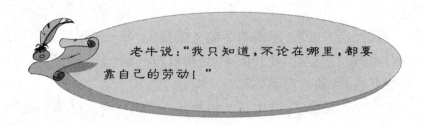

老牛说："我只知道，不论在哪里，都要靠自己的劳动！"

一天，森林里传来了一个好消息：天堂来了一位大使，为大家办理去天堂的护照。

森林里一片沸腾，动物们奔走相告，激动不已。

狐狸小姐双手抱在胸前，紧紧按住就要跳出来的心说道："天哪！终于有机会去天堂了，我再也不用整天为填饱肚皮而奔波了！那里有无数的山珍海味，还有天使为我弹唱……"于是，她使出浑身解数，迷惑天使，终于获得了护照。

猪先生在家里也坐立不安起来，嗯嗯地说："天堂上美女如云，个个都比地上的强百倍。俺老猪再也不用为娶媳妇着急了。"于是，他拿出了全部的积蓄，他也有了护照。

猴子听了消息后，抓耳挠腮，狂蹦不止地说道："天堂上有的是钱，到处是金银财宝，想要多少就有多少。"于是，他送给了天使一个精美的礼品……

只有老牛还无动于衷，一个人在地里默默地干活。大家都劝他，可是他还是在那里干活，不为所动。

大家如愿以偿了。但是不久之后，只因天堂人满为患，他们一个个又都愁眉苦脸地回来了。原来，天堂并不是想象的那样好。有人请教老牛说："牛先生，还是您有远见呀！料事如神呢！"老牛说："我只知道，不论在哪里，都要靠自己的劳动！"

品德悟语

　　再好的草地也会有瘦马，所以并不是环境不适合我们创造幸福，真正的原因在于我们自己是否能通过自己的努力找到属于自己的幸福。

第五辑　脚比路长——勤勉篇

不要为自己没有超人的智力和才华而烦恼,因为,你只要执着于一个目标,并为之坚持不懈地努力,成功也一定会如期与你相遇。

柔软的伤害——体恤篇

培 养 小 学 生 好 品 德 的 100 个 故 事

如果不懂得体恤他人会怎样？这种人的人际关系将会严重受损。"穿别人的鞋"在西方是一句谚语，延伸的意思是你是否能够设身处地地替人着想。你是否拥有一种和他人共鸣相和的能力，一种能够体恤他人感情的能力。

理解他人，怀有一颗柔软体贴的心，你会发现你比任何时候都受欢迎。

柔软的伤害

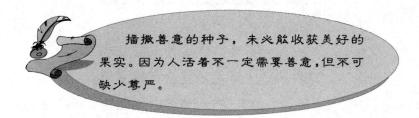

播撒善意的种子，未必能收获美好的果实。因为人活着不一定需要善意，但不可缺少尊严。

侄女小米期末考试在班级拔了头筹。作为奖励，放暑假后，哥哥带着她从乡下到城里来玩。小米的到来，让我的女儿豆豆高兴得不得了，她整天和小米形影不离，并时刻像个老师一样，告诉小米这个，又告诉小米那个，她恨不得一下子让小米融入这座陌生的城市。

小米临走前一天，我给她买了一部手机作为礼物。第一次用手机，小米高兴得不得了，坐在沙发不停地摆弄手机，弄了半天，也没太弄懂。热心的豆豆见状，就把手机从小米手里拿过来，又拿手机的说明书，对着拨弄了几遍键盘，然后把屏幕一面对着小米，告诉她，这个键是干什么的，那个键是什么功能，怎么发短信，铃声怎么换……豆豆只顾讲解，却没有注意到，小米脸上没有感激，只有不悦。

我父亲开了一家蛋糕店，为了吸引顾客，父亲每天用刀切一些蛋糕丁，装在一个塑料托盘里放在橱窗外面。旁边贴一纸条："免费品尝。"

有一位老人，每天路过时都要品尝一点儿蛋糕，但他从来没有买过一点儿。有一天，老人来时蛋糕丁已经没有了，托盘里只剩一点儿碎屑。老人就把那点儿碎末倒在嘴里，吃得很香甜，微笑着咂了咂嘴。父亲见状，就拿出一整块蛋糕，送给那老人，我们都没想到，老人脸上的笑容一下子变成了惊愕，他没有接受父亲的施舍，就默默地离开了。从此，他再也没有出现过。

生活中有很多事例告诉我们：播撒善意的种子，未必能收获美好的果实。因为人活着不一定需要善意，但不可缺少尊严，我们主观的给予和施舍，恰恰是剥夺了别人赖以存在的尊严，这就让我们自认为很美好的善意，成为一种柔软无力却深及别人心腑的伤害。

（感　动）

品德悟语

我们与别人交往，需要一颗真诚的心，但除此之外，更多的时候我们在表达对对方的关怀时，还需要多一份为对方感受着想的尊重。

下跪的市长

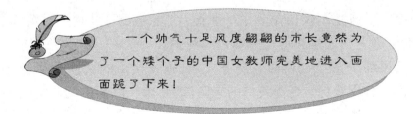
一个帅气十足风度翩翩的市长竟然为了一个矮个子的中国女教师完美地进入画面跪了下来！

有个在小学当老师的朋友给我讲过这样一个故事。

他们学校有个女英语老师身高不足1.4米，但口语教得非常好，在省市县各类比赛中多次获过大奖，多次被上级评为教学能手。有一年她被县里作为唯一的代表派到省里参加一个教育团到新西兰进行外事访问学习活动。在众多已是业务精英的老师当中她是外表最不起眼的一个。

在新西兰访问期间，他们意外地受到了当地市政府的隆重欢迎，更没想到的是该市的市长亲自出面接见他们。政府先安排他们参观了当地的学校并和老师学生进行了互动交流，然后安排他们到当地旅游胜地旅游。在短短的几天访问时间里，日理万机的新西兰市的市长数次接见了他们。这让他们非常感动。临走的那天，宴会结束后他们想和市长合影留念，但谁也不敢提出合影的要求，因为市长确实太忙了。出乎意料的是，吃过饭后市长主动提出合影的建议。当摄影师调焦距选角度的时候，难题出现了。身高超过2米的市长与身高只有1.4米的那位老师的悬殊太大了，相比而言，市长像一棵挺拔的大树而矮小的老师就像一丛灌木，整个画面十分不和谐，无论怎样选角度调焦距都无法将集体合影完美地表现出来。这让摄影师显得很窘迫，更让矮个子的老师显得很尴尬，她红着脸提出自己不想合影的要求，不料被市长微笑着否定了。所有在场的人将目光投向充满阳光气息微笑着的市长，让大家始料不及的是，市长当众微笑着跪了下来！此时的画面正好符合摄影师拍照的最佳高度，画面布局十分和谐。

一个帅气十足风度翩翩的市长竟然为了一个矮个子的中国女教师完美地进入画面跪了下来！这在我们所处的环境是想也不敢想的事情。

老师们的眼里有了泪。

市长下跪并不仅仅是为了一张照片，更重要的是对中国教育的尊重，对中国老师人格和尊严的尊重与呵护。

据说那个市长在新西兰是万人迷，不光全市的女性喜欢他，男女老少都十分喜欢他。难怪我们的老师流泪，市长降低身高温情的一跪，既提升了中国老师的自信和尊严，又提升了一个城市的品位和魅力。他是在用润物细无声的温情感动着每一个需要关照呵护的心灵啊，这不光是市长的自豪，也是一个城市的自豪。

市长下跪，这不是一种屈尊，而是一种风度。

（马国福）

　　尊重是一笔无限增值的投资，一个人在与别人交往中如果能很好的理解别人、尊重别人，那么他一定会得到别人真诚的理解和尊重。

最 佳 记 者

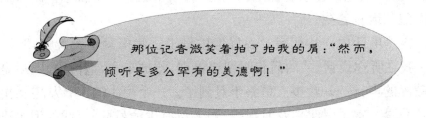

　　那位记者微笑着拍了拍我的肩："然而，倾听是多么罕有的美德啊！"

　　那年秋天，我大学毕业，去中西部一家报社做实习记者。因为是新手，我只负责征婚启事和讣闻栏目。平淡如水的日子里，我对那些冲锋陷阵的无冕之王羡慕不已，尤其是每月获得"最佳记者"称号的同事，他们的经历充满了刺激和惊险，与我的工作大相径庭。

　　一天下午，讣闻专线的电话铃声大作。"你好，我……要发一个讣告。"对方口齿似乎不太伶俐。

　　拿出记录本和笔，我机械地问："逝者姓名？"做了两个月的讣闻，我已经驾轻就熟。

　　"乔·布莱斯。"

　　我有种异样的感觉，他和其他发讣告的人不同，态度不是悲伤，也不是冷漠，而是一种说不出的迷茫和绝望。"死因？"我又问。

　　"一氧化碳中毒。"

"逝世时间？"

隔很久，他才含混不清地回答："我还不知道……就快了。"

火石电闪之间，我猜到了答案，但仍故作镇定地问："您的姓名？"

"乔……乔·布莱斯。"他的声音显得疲惫不堪。我知道毒气已经开始起作用了。

虽然有思想准备，但我的心还是狂跳不止。我一边向同事做手势，一边竭力保持冷静。

一个编辑向这边走来。我示意他不要说话，在笔记本上颤抖地写："那人要自杀！！！"编辑马上会意，抄下来电显示上的号码，告诉我："我去报警。"

"我还需要一些信息，您愿意帮助我吗？"我用最甜美、最温和的声调对乔说，想让他在线上多待会儿，保持清醒。但乔的回答越来越难分辨。我闭上眼睛，想象自己坐在乔对面，集中精神听他说话。同事们安静而焦急地看着我。

突然电话中一片死寂，乔好像昏倒了。我攥紧拳头大喊："乔，醒醒。我在听你说话。"然后我听到警笛声，救护车声，敲门声，随后是玻璃破碎的声音——救援人员终于赶到了。一个陌生的声音从电话里传来："我是警察。谢谢你及时报警，病人没有生命危险。"我的泪水决堤而出，兴奋地大喊："有救，还有救！"顿时掌声、欢呼声从编辑部各个角落传来，我们一边擦眼泪一边互相拥抱、握手。

月末总结会上，总编宣布本月的"最佳记者"是我！太不可思议了！看到我惊讶的神情，一个资深记者说："你当之无愧。如果那天是我接电话，我肯定不会注意到乔要自杀。""可我什么也没做，我只不过听他说话……"

那位记者微笑着拍了拍我的肩："然而，倾听是多么罕有的美德啊！"

（[美]苏·杜德　译/荣素礼）

品德悟语

我们身上的品德并不需要轰轰烈烈的表演才能让人了

106

培养小学生好品德的100个故事

解,具有良好品德的人,即便是一言不发的倾听,也能让自己身上的品德像金子一样闪闪发光。

怎样开启易拉罐

> 她为了不使他难堪,没有直接教他易拉罐的开启方法,而是间接地完成这一过程。妇女的举动是一种小小的善。

许多年前的一个夏天,在一列南下的火车上,一位满脸稚气的男青年倚窗而坐。他是个农村娃,一件崭新的白色半袖衫掩盖不住黝黑的皮肤。在此之前,他连火车都没坐过,他要到南方去上梦寐以求的大学。男青年对面的座位上,坐着一对母子。

车厢内闷热异常。男青年感到口渴难耐。

"方便面、健力宝、矿泉水!"乘务员大声叫卖着。

健力宝?男青年知道,这是一种极奢侈的饮料。读高中时,班里有钱的同学才喝得起。爸妈从来没给自己买过。如今,他要到外地上学了,衣兜里有了些许可以支配的零花钱。犹豫再三,他终于从衣兜里摸出一张皱巴巴的 5 元钱,递给乘务员。

男青年不知如何开启这桶饮料。他把健力宝拿在手里,颠来倒去看了看。最后,他把目光定在了拉环的位置。迟疑了一会儿,他从腰间摸出了一把水果刀,企图在拉环的位置把健力宝撬开,撬了两下,发觉易拉罐的壳很坚硬,便停下了手中的水果刀,又把目光盯在了拉环处。这时,却听见对面的妇女对儿子说,童童,快把健力宝给妈妈拿过来。

小男孩说,妈妈,你刚喝过水,怎么又渴了?快!听话!小男孩便站在车座上,把手伸进了车窗旁边挂着的塑料袋。

妇女把健力宝拿在手中,眼睛盯在拉环上,余光注意着男青年,只听"嘭"的一声,健力宝打开了。随之,车厢里又传出"嘭"的一声响,男青年的易拉罐也打开了。妇女微微地笑了一下,喝了一口,就把自己的健力宝放在了茶几上,显然,她并不渴。

许多年后,男青年参加了工作,却仍对这件事记忆犹新。他感激那位善良的妇女。她为了不使他难堪,没有直接教他易拉罐的开启方法,而是间接地完成这一过程。妇女的举动是一种小小的善良。

男青年把这种感激化做了更多小小的善良,带到了社会的角角落落。那位男青年就是我,那年我18岁。

(广 民)

生活中我们不要放弃做那些看似微不足道的小事,这些事对我们而言也许是举手之劳,但对受益者而言,可能是一生的温暖。所以,任何时候我们都不要吝惜自己的善举。

误 会

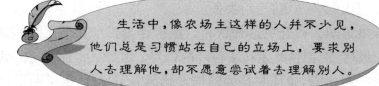

生活中,像农场主这样的人并不少见,他们总是习惯站在自己的立场上,要求别人去理解他,却不愿意尝试着去理解别人。

一位农场主驾驶着自家的拖拉机外出办事。在行驶到距家500米左右的时候,拖拉机的刹车闸线断了。农场主回头看到妻子正站在家中的门廊里,便大声呼喊,挥手摇臂,想让妻子看到他。

农场主的高声喊叫终于让妻子听到了。他想让妻子把家中放在橱柜里的钳子送过来,但由于距离太远,妻子根本听不清他在喊叫些什么。农场主灵机一动,决定给妻子打手势,他认为妻子一定能看明白。

于是,农场主将一只手举过头顶,一握一握的,做出拿钳子的手势;然后又做出推开橱柜门的姿势;接着又比画着碗的样子。

妻子对他点点头,似乎是说明白了他的意思。妻子转过身子,拍了拍自己的屁股,还使劲地摇了摇。

"蠢女人,笨女人。"农场主暗自骂道,"我比画得这么清楚都看不出来。"农场主非常生气地又重新比画了一遍。

让农场主怒不可遏的是,妻子仍然没有看明白,还在那里拍拍摇摇。

无奈之下,农场主只好怒气冲冲地返回家中,训斥道:"你这个笨婆娘,我的手势打得多清楚啊,你竟然看不懂! 看不懂就看不懂吧,你瞎比画什么呀?"

"你才蠢呢,"妻子生气地反驳道,"我早就看懂了,不就是要钳子吗? 还告诉我钳子就放在橱柜里。"

原来妻子看得明明白白。"那为什么……"农场主纳闷儿地问道。

"我比画得还不够清楚吗? 我拍拍屁股摇摇屁股,都是为了要告诉你,你屁股下面的工具箱里就有把钳子。"

生活中,像农场主这样的人并不少见,他们总是习惯站在自己的立场上,要求别人去理解他,却不愿意尝试着去理解别人。这样的人,会时不时地吃点苦头,这就是生活给他们的惩罚和警戒。

(编译/伊 然)

品德悟语

人与人之间的交往,主要在于理解和宽容。多从别人的角度出发,多方面的思考问题,这样我们看问题就会更加全面,与人相处也会多一分融洽少一些误会和纠纷。

猫有猫的方向

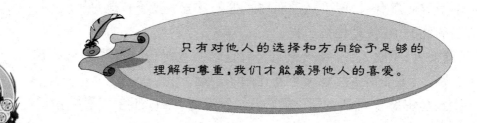

只有对他人的选择和方向给予足够的理解和尊重，我们才能赢得他人的喜爱。

我小时候喜欢猫，喜欢所有的猫。

但是有一个问题，家里的猫都憎恨我。它们一看见我，听见我的声音，就恨恨地跑掉。那时我7岁。

我想成为科学家，于是决定研究自己和猫之间的问题。一天我正站在起居室里，斯特里佩，家中最老的那只猫，漫步走入，一直走到我面前。我抱起它，踱了一会儿，便把它放到沙发上。

霎时间它像是生气了，把我吓了一跳。它甩着尾巴，发着无名之火。过了一会儿，它跃下沙发，坐到地上，依然怒气未消。接着它走出房间，原路返回，回到了前厅，仍然是气呼呼的样子。

它走到楼梯口，坐下，依然生着气。后来它沿着原路，再次走进起居室，一直走到刚才我抱起它的地方，坐了下来。现在看起来它不再生气了，换上了一副迷惑不解的表情。它坐了约一分钟，困惑地四下张望。最后它突然起来，向我抱起它时它正要去的那个方向走去。现在，它看起来心平气和，目标明确。

我吃惊极了，这是怎么回事？作为"科学家"，我得出一个结论：斯特里佩做事是有计划的。它在楼上一觉醒来，肚子饿了，知道食物在厨房里，于是它出发了，下了楼来到前厅。"通往厨房的门关着，没关系，穿过起居室,从餐厅也可以进厨房。阿尔站在起居室,嗯,没问题。他把我抱起来,抚摩我,好的。然后他把我放到沙发上。现在,我在沙发上干什么呢? 唉,该死,我忘了要干什么了。该死,该死,让我想想。如果回到楼梯口也许会想起来。啊,对了,我要去吃饭! 哈哈,那么去吧。"这是它的心理活动。

"猫做事也有计划。"我思索着,"啊! 如果真是这样,那么如果我抱起它们,爱抚它们,然后把它们放回原先的位置,也许它们会更喜欢我。"

于是我养成了这个终生的习惯,把猫抱起来时,记住它们要去的方向,过后再把它们放回原地,朝向原先的方向。你知道这为什么会成为我终生的习惯吗? 因为这很管用。两个月后,家里所有猫都喜欢上了我。

无论谁,都有自己的选择,自己的方向,即使是一只猫。只有对他人的选择和方向给予足够的理解和尊重,我们才能赢得他人的喜爱。

([美]阿尔·图尔陶　编译/张霄峰)

品德悟语

　　每个人的思想和境况是不一样的,你的判断和他人的判断甚至会有天壤之别,请给予他足够的理解和尊重吧,不要干扰别人的思维,这样才会得到别人的喜爱。

第六辑　柔软的伤害——体恤篇

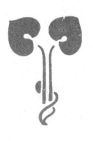

不要弄脏别人的衣服

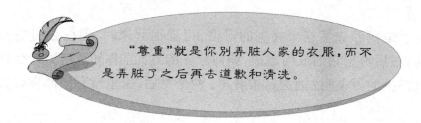

"尊重"就是你别弄脏人家的衣服,而不是弄脏了之后再去道歉和清洗。

市里来了一位美国的教育学专家,学校辗转联络邀其过来做场讲演,我和同事开车去接。那天偏偏下起了大雨,这位叫怀特的专家倒也和蔼可亲,上了车不断用半生不熟的中文和我们开玩笑。

从市区到县里的一段路正在大修,恰好是中午下班的高峰时间,人流如织,泥水雨水自行车小汽车交织在一起,路面有积水,车轮飞过,躲闪不及的人多半会被溅得泥头土脸。尽管路面还不算太坑坑洼洼,在上这段路前,我们还是小心地提醒怀特先生要坐好,他起先也没在意,依然谈笑风生。在我们不断按喇叭的声响里他警觉地看看窗外,才发现走的是这条路,他立刻一边摆手一边扯大嗓门儿叫"NO"。同事赶忙刹车,英语老师颇有不快地说,怀特先生,请坚持一会儿,马上就到了,路面整修呢。他直摇头,说:"我不是这个意思。"搞半天,我们终于明白,他是担心我们飞转的车轮把泥水溅到行人身上,而且提了两个要求:一是这段路上不得按喇叭催促行人和其他车辆;二是遇到小水坑要先让行人通过。同事问:Why? 他只一个理由:因为我们坐得比他们舒服。

后来他在讲座上谈到尊重学生的问题,举了这个例子,他说,"尊重"就是你别弄脏人家的衣服,而不是弄脏了之后再去道歉和清洗。

再次听到"不要弄脏别人衣服",是在德国回来的好友那里。他邀请我去乡下采风，晴好的天气，凉风习习，我正换运动衣旅游鞋，可他突然来电话说不能去了。我问他原因，他说不能开车。我笑笑说，我也有驾照，我可以开啊。他说，不是车的问题也不是人的问题，是风的问题。我很疑惑，告诉他没有龙卷风台风什么的啊。他急急地解释说，是他忽然看到天气预报说风力五级左右，而去乡下的那条路很长一段是砂石路，车一经过尘土飞扬，遇到稍微大点儿的风，估计行人会更遭殃的，不能弄脏别人的衣服啊……

我终于理解了 8200 万人口就有 5000 万辆汽车的汽车王国德国，居然路面秩序井然，因为他们不"善于"见缝插针，因为他们敬畏黄白线，因为他们关心着车外同一马路上陌生人的衣服和心情。一切就是我们说得太多做得太少的简单的两个字——"尊重"而已。

(邓海建)

品德悟语

尊重别人，其实是个很简单的道理。但是，我们在一些细微处却忽视了，往往一些小事情就蕴涵着大道理。用心做事，才能尽善尽美。

两个人的天堂

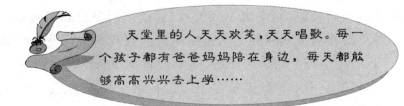

天堂里的人天天欢笑，天天唱歌。每一个孩子都有爸爸妈妈陪在身边，每天都能够高高兴兴去上学……

何必不敢相信自己的眼睛。作为实习记者，他曾经接触过的新闻

和图片,全在述说着同一个主题:广东富得流油。可眼前这低矮的土砖瓦屋,破旧的门窗,空荡荡的家,却仿佛在讲述着另外的故事。

一个小女孩正低头忙着将各种各样的垃圾分门别类捡好,码整齐。墙壁上贴着挤挤密密的奖状,每张奖状上无一例外地写着两个名字:程思爱、程思晴。但仔细一看,又能发现,奖状上最初只有一个名字,另一个名字,字迹歪歪斜斜,是后添上去的。

小女孩发现何必在打量奖状,主动开口了:"我叫程思晴,我姐姐叫程思爱。"

何必问:"你姐姐呢?"

思晴说:"我姐姐去学校读书去了。"

何必找了个小板凳,坐下:"那你干吗不去上学,你的爸爸妈妈呢?"

思晴低下头,将脑袋埋进两膝:"我爸爸坐牢去了,我妈妈捡垃圾去了。我明天才去上学,今天该姐姐上学。"

在皇城根下出生、长大的何必,当时嘴就惊成了一个圆圈:"你们两姊妹轮流去读书?"

原来,姐妹俩的爸爸因为贩毒,被判了12年。妈妈靠拾荒卖破烂,只能勉强维持一家人的生活,供不起两个孩子上学。于是,这对10岁的双胞胎姐妹,每天有一个人去学校读书,另一个陪妈妈去捡破烂,或在家里为废品进行分类。到晚上,去学校读书的那个,就当"老师"来"教"另一个。至于考试,赶上谁去学校,谁就当考生……

何必沉默了半晌,带着不安问:"学校老师和同学知道你们俩在轮流读书吗?"

思晴的脸越发红了:"起始不知道,后来知道了……老师没骂我们,有时还给我们补课,同学也不嘲笑我们,还把旧书包旧文具盒送我们……"她又指着密密麻麻的奖状骄傲地说:"叔叔,你看,我和姐姐老考第一。我们还是班上的学习委员,同学们有不懂的都问我们……"

何必的心里说不上是欣慰还是沉重。他手上握着笔,腿上摊着采访本,却始终没有一个字落在纸上。然而所见所闻的一切,通通钻进脑子里去了,钻得很深很深。他掏出200元钱,说:"思晴,这是给你和姐姐好好学习的奖励，你们要再接再厉，叔叔还会来看你们……"思晴没推托，收下了，又满脸期待地问："叔叔，你是记者，记者也是作家吗？"

何必奇怪地望着思晴的大眼睛。

思晴说："我和姐姐也想当作家，我们要写童话书，已经写了4000字了……"

生活在如此残酷的环境里，却在书写美丽的童话，可何必并没觉得讶异。他问："你们写的什么故事呢？"

思晴说："书名叫《天堂里的笑声》，我和姐姐都喜欢这名字。我们要写许多人在天堂里的幸福生活……"

何必脱口就问："你们眼中的天堂是什么样子？"

思晴的眼睛亮晶晶的，闪烁的光彩都快溢出来了，"天堂呀，就是那里的人从不吸毒，也没有毒品吸；那里的人不用捡破烂，也没有破烂捡；天堂里的人天天欢笑，天天唱歌。每一个孩子都有爸爸妈妈陪在身边，每天都能够高高兴兴去上学……"

实在忍不住了，何必走出一段路，背靠一棵树，坐下，哭了。

（蔡　成）

品德悟语

　　身处天堂，心里装着地狱，天堂也会变成地狱；身处地狱，心里却载着对天堂的追求，地狱也会开出绚丽的鲜花。把心灵做成善良的筛子，当岁月流过，留下的只有美好。

细心的爱传递

　　我们每天都活在爱里面，每天都在传递着彼此的爱，而我们每一次的传递都应该细心地注重方式，只有这样才能好好地爱下去。

　　妻子给我的衬衣缝纽扣，要我找根针。就在我将细小的针递到她手上时，她发出一声尖叫。针头刺伤了她娇嫩的手指，鲜血流了出来。伤着她的手，也伤着我的心。

　　回家，爸妈在看电视。母亲一边看电视，手中还一边拿着毛衣针在不停地为父亲织着毛衣。母亲织了一段时间，对父亲说："剪刀。"就在传递的瞬间，我看见父亲的手自觉地握住剪刀的刀口，而将剪刀的刀柄递给母亲。而母亲用完后又将剪刀递了过去，同样用手握住锋利的刀口，而将圆曲的刀柄留给父亲。

　　这是多么细心的默契的传递呀，他们都不约而同地将危险的部分留给自己，而将温柔的部分留给对方。

　　我不禁想起我给妻子的那根针，我没有将针头留给自己，而将伤害带给了她，这是多么不细心的爱呀！

　　我们每天都活在爱里面，每天都在传递着彼此的爱，而我们每一次的传递都应该细心地注重方式，只有这样才能好好地爱下去。

（张　翔）

真正的爱总是习惯把刀口向着自己，把幸福向着你爱的人。就像父母的爱，生活的艰难和辛苦总是自己承受，而把笑容全部奉献给我们。

生活中我们不要放弃做那些看似微不足道的好事，这些事对我们而言也许是举手之劳，但对受益者而言可能是一生的温暖。所以，任何时候我们都不要吝惜自己的善举。

后院为谁所有——自信篇

　　好莱坞的一位著名演员,在接受片约时,导演给他出了一个表演自信的考试题,让他在所有的参加竞选者面前表演一下自信。接到主题后,这位演员当即回头对身后的所有演员欢呼:"我被录取了!我被录取了! 你们回去等下一次机会吧。"这位演员凭着自信,赢得了导演的片约。

　　一个人除非自己有信心,否则不能带给别人信心。昂起你的头来,自信地望着这个世界,你会发现天空的辽阔。

你知道思想能走多远

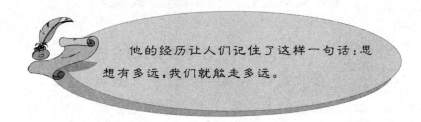

他的经历让人们记住了这样一句话：思想有多远，我们就能走多远。

　　四十多年前，有一个十多岁的穷小子，他自小生长在贫民窟里，身体非常瘦弱，却立志长大后要做美国总统。如何实现这样的抱负呢？年纪轻轻的他，经过几天几夜的思索，拟定了这样一系列的连锁目标：

　　做美国总统首先要做美国州长——要竞选州长必须得到雄厚的财力支持——要获得财团的支持就一定得融入财团——要融入财团就需要娶一位豪门千金——要娶一位豪门千金必须成为名人——成为名人的快速方法就是做电影明星——做电影明星前得练好身体，练出阳刚之气。

　　按照这样的思路，他开始步步为营。一天，当他看到著名的体操运动主席库尔后，他相信练健美是强身健体的好办法，因而有了练健美的兴趣。他开始刻苦而持之以恒地练习健美，他渴望成为世界上最结实的男人。三年后，凭着发达的肌肉和健壮的体格，他开始成为健美先生。

　　在以后的几年中，他成了欧洲乃至世界健美先生。22岁时，他进入了美国好莱坞。在好莱坞，他花了十年时间，利用自己在体育方面的成就，一心塑造坚强不屈、百折不挠的硬汉形象。终于，他在演艺界声名鹊起。当他的电影事业如日中天时，女友的家庭在他们相恋九年后，终于接纳了他这位"黑脸庄稼人"。他的女友就是赫赫有名的肯尼迪总统的侄女。

婚姻生活过了十几个春秋，他与太太生育了四个孩子，建立了一个"五好"家庭。2003年，年逾57岁的他，告老退出了影坛，转而从政，并成功地竞选成为美国加州州长。

他就是阿诺德·施瓦辛格。他的经历让人们记住了这样一句话：思想有多远，我们就能走多远。

（扬 帆）

人世间的很多奇迹都源自于梦想，人们经过不懈的努力使梦想成真。因为有梦才有远方，拥有梦想才会拥有无穷的动力，才能创造出奇迹。

靠 自 己

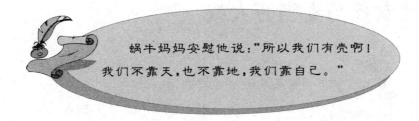

蜗牛妈妈安慰他说："所以我们有壳啊！我们不靠天，也不靠地，我们靠自己。"

其实生活中的许多问题、困难，实际上正是来源于你的信心不足，一旦获得了信心，许多问题就将迎刃而解。自信能使你保持最佳心态。

小蜗牛问妈妈："为什么我们从生下来，就要背负这个又硬又重的壳呢？"

妈妈说:"因为我们的身体没有骨骼的支撑,只能爬,又爬不快。所以要这个壳的保护!"

小蜗牛问:"毛虫妹妹没有骨头,也爬不快,为什么她却不用背这个又硬又重的壳呢?"

妈妈说:"因为毛虫妹妹能变成蝴蝶,天空会保护她啊。"

小蜗牛问:"可是蚯蚓弟弟也没骨头爬不快,也不会变成蝴蝶,他为什么不背这个又硬又重的壳呢?"

妈妈说:"因为蚯蚓弟弟会钻土,大地会保护他啊。"

小蜗牛哭了起来:"我们好可怜,天空不保护,大地也不保护。"

蜗牛妈妈安慰他说:"所以我们有壳啊!我们不靠天,也不靠地,我们靠自己。"

品德悟语

只有自立的人格力量才能拯救自己。如果我们永远不能自立,我们将永远不能真正的成长起来。经不起小小的挫折,当然赢得不了别人的尊重。

哈佛女孩与麦当劳大叔

> 将来不做哈佛女孩,就做麦当劳大叔,把自己的连锁店开到美国去,去赚美国人民的钱!

与别的母亲不同,我和女儿的关系不太像母女,更像一对知心朋友。我从来不像有些家长那样,动不动就挥舞手中的"权威大棒",对女儿训话,强迫她做自己不喜欢做的事。在女儿的教育上,我一向采用西方民主式,以分析、讨论为主,从不武断、命令。我们经常在一起交谈,我从来都是把她当做一个具有独立人格和自由意志的人,平等对话,和她分析、探讨成长中的问题,指导她做决定。

女儿很小的时候,我就有意识地训练她自己的事情自己做,自己拿主意,做决定。小到零花钱、买学习用品,衣服鞋帽,大到交朋友,选择学校。这些由家长代劳的权力,随着她慢慢长大,我一点点交还给她,让她自己做决定。做决定是一种能力,是一个对事物分析、判断做出决策的综合过程,这是人一生成长的必经过程,我想女儿越早经历,就越快成熟。

有一天,我在家中写稿,女儿放学回来,拿出一本《哈佛女孩刘亦婷》,说是老师推荐给家长的。这本书当时很流行,坦率地说,我不赞同书中的观点,我直言不讳地对女儿说:"人生是一次马拉松长跑,考上哈佛只是第一站领先,却当成冠军广而告之,这不是很可笑吗? 你要学会独立思考,不要受他们误导。"

女儿点点头,我怕她不能完全领悟,就又说:"你知不知道,做我的女儿最幸运的是什么? 不是因为我是作家,而是因为我是一个勇于实现自己梦想的人,所以不会像别的家长那样,把自己未尽的梦想加在孩子身上。你记住,我永远不会逼你考大学,不会逼你当作家,不会逼你出人头地。你这一生,可以按照自己的心意去设计,做自己真正喜欢做的事。如果你觉得在麦当劳当服务生好,你就去做好了,只要你喜欢你快乐就行。"

女儿喜欢吃麦当劳,那年她利用暑假,真的去麦当劳做义工。我问她感觉如何? 她说:"这种工作做一天很快乐,做一星期也可以,但要做一辈子就太辛苦了。所以我还是考大学,将来靠知识赚钱。我想好了,把60%的精力用在书本上,40%的精力留给自己,读课外书,观察社会。这样既能享有受高等教育的机会,又不会被训练成高级螺丝钉。"

想不到才读初中的女儿说出这么深刻的话,我兴奋地一拍她的肩膀,赞叹道:"说得真棒! 教育不仅教授知识,更重要的是教给人一种思维方式,你现在的思维比有些大学生都强,将来不管做什么,都会很出色的!"

"当然了。有你这么优秀的妈妈,我怎么可能不出色呢! 将来不做哈佛女孩,就做麦当劳大叔,把自己的连锁店开到美国去,去赚美国人民的钱!"女儿一脸自信地说。望着亭亭玉立、正值青春的女儿,不知怎么,我的眼前浮现出母亲白发苍苍、步履蹒跚的样子,心中涌起一种无以名之的复杂情感。母亲的一生,是为了孩子、牺牲自我的一生;是一味奉献、不求回报的一生;是彻底失去自我、把梦想和未来都寄托在孩子身上的一生! 她是伟大的,也是悲哀的。所幸,我没有像她那样,我一直都在尝试做一个"低成本母亲",在成就自己事业的同时,女儿也快乐健康地长大了!

(林 夕)

品德悟语

每一个孩子都是与众不同的,能够独立思索,有自己独立个性的鲜活个体,他们的选择应该被尊重,他们的感受应该被重视,自由也是成长的权利。

淡　交

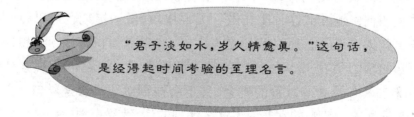

"君子淡如水,岁久情愈真。"这句话,是经得起时间考验的至理名言。

宋朝王谠的《唐语林》记载了这样一个故事:

有个叫崔枢的人去汴梁赶考,同一南方商人住在一起达半年之久,两人成了非常要好的朋友。后来,这位商人不幸得了重病,临终前对崔枢说:"看来,我的病是治不好了。按我们家乡的风俗,人死了要土葬,希望你能帮我这个忙。"崔枢答应了他的请求。

商人接着又说:"我有一颗宝珠,价值万贯,愿奉送给你。"崔枢怀着好奇的心理接受了宝珠。可事后他仔细一想,觉得不妥,怎么能够接受朋友这么贵重的礼物呢?商人死后,崔枢在安葬他时,不露声色地把宝珠也一同放进了棺材,葬入了坟墓。

一年后,商人的妻子从南方千里迢迢来寻夫,并追查宝珠的下落。官府派人逮捕了崔枢,他却坦坦荡荡、毫无惧色。他心平气和、胸有成竹地说:"如果他的墓没有被盗的话,宝珠一定还在棺材里。"于是,官府派人挖墓开棺,宝珠果然还在棺材里。由于崔枢的品质出类拔萃,官府极力地挽留他做幕僚,但他不肯。第二年,崔枢考中进士,后来出任主考官,一直享有清廉的美誉。

不难想象,假如崔枢带走了宝珠,商人的妻子又不知实情,告他"谋财害命",恐怕他有口也难辩了。官府追查下去,他和商人的友谊就可能另当别论,史书中也就不会留下葬宝珠的美谈了。

与崔枢葬宝珠的故事相比,李勉葬黄金的故事也毫不逊色。

天宝年间,有一书生旅途中暂住宋州。当时李勉年轻贫苦,与这书生同住在一家旅店。然而不到十天,书生急病发作,很快就生命垂危了。书生临终前对李勉说:"我家住洪州,准备到京城去求职,可才到这里就病得不行了,这大概是天命吧。"随后,他拿出黄金百两,递给李勉,说:"我的仆从没人知道我带了这么多金子。先生为我办完后事,余下的金子就赠送给你了。"等到办完丧礼,李勉把剩下的黄金一同埋进墓中,一点儿也没留。

几年后,李勉在开封为官,那书生的弟弟沿路寻找书生的下落。到了宋州,得知当时是李勉主办的丧事,就专门到开封府拜访李勉,顺便打听黄金的下落。李勉请了假,到书生的墓地取出黄金,交给了书生的弟弟。

历史是现实的一面镜子。朋友之间物质上的往来,在彼此真诚互助的基础上,当然可以进行,也是人之常情。即使有些很贵重的礼物,有时也可以接受。但是,这种物质往来必须掌握好一定的度。如果超过了特定条件下的限度,就很可能播下祸患的种子。

"君子淡如水,岁久情愈真。"这句话,是经得起时间考验的至理名言。

(蒋光宇)

品德悟语

诚实是净化人心灵的阳光,既能照亮自己,也能温暖别人。怀揣着诚实,也就揣着了财富;坚持诚实,我们的人生花园才会花团锦簇,馨香久远!

只要信心不被打碎

我还有一样最宝贵的东西——不肯折弯的信心,并且紧紧地握住它,就会在艰难中平添一股勇气,一股无所畏惧的力量。

在那个阴雨绵绵的早晨,我正为大学毕业后连续数月东奔西跑地求职,却没有找到一个接收单位。我沮丧万分,一个人沿着乡间小路踽踽而行。

不知不觉我已站在了离村子挺远的一座土窑前,猛抬头,那位近年才开始学习烧制瓦罐器皿的老人的举止,将我的目光惊住了:只见他大步走到窑前,眉都没皱一下,便抢起一根铁棍,吭吭吭,将一大溜刚刚出窑的形状各异、大大小小的瓦罐全部打碎。

我不解地走上前去,问老人为何将它们全部打碎了。

老人不紧不慢地说:"火候没掌握好,都有一点儿小毛病。"

我惋惜道:"可是你已经花费了许多的心血啊!"

老人长吁了一口气道:"那不假,可我相信下一炉会烧得更好些。"老人坚定的口气里,透着十二分的自信。

看到老人又坐在霏霏的雨丝中,再次从头开始,认真地、一点一点地做起泥坯。他那坚决推倒重来、成功在握的从容自若,深深地打动了我——是啊,即使所有的瓦罐都打碎了也没有关系,只要心头执著的信心不被打碎,他就不愁做不出更加满意的瓦罐。

默默的,我朝老人深鞠一躬,转身跑回家中,背起简单的行囊,毅然地加入到南下的打工队伍中。在一次次焦灼的等待后,在一次次失望的重击后——在一个建筑工地当小工。

数年后,我拥有了一家不小的公司。

是的,在我们的生活中,总会遇到种种失败,然而这时,谁能咬紧牙关,告诉自己:我还有一样最宝贵的东西——不肯折弯的信心,并且紧紧地握住它,就会在艰难中平添一股勇气,一股无所畏惧的力量,就会觉得脚还踏在土地上,血还是热的,路还没有完全断绝。闯下去,拼下去,用那不肯投降的双手打出的,一定是一方令自己都无比惊讶的新天地。

品德悟语

在学习中、生活中,我们会有很多遭遇失败的时候,但只要我们有足够的耐心、必胜的信心和勤奋努力的精神,就一定能走出失败,走向成功。

后院为谁所有

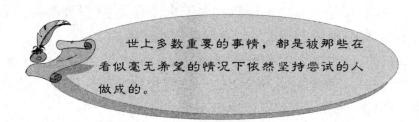

世上多数重要的事情，都是被那些在看似毫无希望的情况下依然坚持尝试的人做成的。

一个喜欢打猎的人买了两只纯种塞特猎犬并将其训练成优良的捕鸟犬。他把它们关在后院的宽大围栏里。

一天早晨，他看见一只小牛头犬从他家后面的小路一溜小跑下来。它看见那两只狗，就从栅栏下挤了过去。男主人想，也许应该把猎狗锁起来以免它们伤害小狗，但又改变了主意。也许它们能"给小狗一点儿教训"，他理所当然地想。正如他所料，狗毛开始飞舞，而且全是小牛头犬的毛。那精气十足的闯入者不久就吃足了苦头，又从栅栏下挤了出去，逃之夭夭。

而让那人惊讶的是，小牛头犬第二天早晨又来了。它从栅栏下爬进来，再次挑战那两只塞特犬。和头一天一样，它很快就被挤出围栏，落荒而逃。

次日，同样的一幕再次上演，小牛头犬得到了相同的结局。

那人因公出差，几周后才回来。他问妻子那只小牛头犬最后怎么样了。"你不会相信的，"她回答，"那只小狗每天都在同一时间来到后院，与我们的塞特猎犬打架。它一天都没缺！现在的情况是，只要我们的塞特猎犬听到它在小路上的喷鼻声就呜呜哀叫着跑进地下室。那只小牛头犬就大摇大摆地在我们的后院里到处乱走，好像这里归它所有似的。"

美国励志学家戴尔·卡耐基作出了如下结论："世上多数重要的事情,都是被那些在看似毫无希望的情况下依然坚持尝试的人做成的。"

最后,拥有后院的就是那只坚持不懈的小牛头犬了。

([美]维琪·霍夫曼)

生命的奖赏远在旅途的终点,而非起点附近,只有那咬定目标、百折不回的人才可以到达成功的彼岸,享受生命的奖赏。

教练的秘密

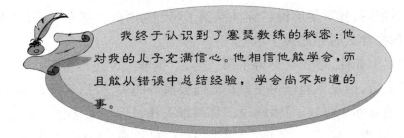

我终于认识到了塞瑟教练的秘密:他对我的儿子充满信心。他相信他能学会,而且能从错误中总结经验,学会尚不知道的事。

吃晚饭时,我一直在考虑怎样启齿告诉约西他不可能被游泳队录取的事。这时,电话铃响了。我几乎无法听懂对方说的是什么。"塞瑟,对不起,"我说,"您能再重复一下吗?"太太瞥了我一眼,"您的意思是说约西已经被录取了?谢谢,教练。"

"他被录取了?"太太问。

"塞瑟说,他在约西身上看到了一些特殊的东西。"我说,不知道这"特殊的东西"是什么。

"看看，你过虑了吧？"太太说。

突然，我感到比任何时候都更加担忧了。我觉得塞瑟根本不清楚儿子的问题有多大。在游泳队，约西将怎么继续训练下去呢？我不知道。塞瑟是不是可怜约西才这么做的？我对他们的第一次正式训练忧心忡忡。

不出我所料，其他孩子都比约西有经验，而且进步很快。约西却需要额外的辅导，比其他孩子多得多的额外辅导。塞瑟总是及时赶到，向他指点迷津，我也随时在旁边提醒塞瑟的要求。我从约西专注的眼神里看到，他对塞瑟充满崇拜。

我听见塞瑟对约西说了几句什么，并且伴随着动作。忽然，约西点了点头，沿着水道游了开去，他游的是蛙泳！

训练持续了两个小时，孩子们全都累坏了，约西除外，他是最后一个从池里上来的人。

约西的进步显而易见。但是，训练归训练。第一次比赛来到了。我和伊琳紧张地坐在看台上。"开始"的信号一发出，孩子们就向池子里跳了下去，可是约西却用眼角瞟着左右。原来他不知道什么时候该起跳！他看见别人跳了，自己才开始，迟了至少一秒钟。

回家后，我对伊琳说："你注意到了吗？约西落在别人后面，是因为他不懂得什么时候起跳下水？"

"尽管如此，他还是夺得了第三名。"伊琳说，"还不错吧。"

"是呀，但是他能做得更好。他需要额外的关注，他和别人不同。"

"他像你小时候。"伊琳说，"那时谁关注过你？放宽心一点儿。有时你的忧虑太多了，布鲁斯。"伊琳说得一针见血。但是，下次训练时，我还是找到塞瑟。"塞瑟，"我紧张地开了头，"不知您注意到没有，约西总是先看别人跳了自己才开始跳下水，我们能不能把用于聋人运动员的信号装置用于他？那样可能会好一些。"

"罗斯曼西先生，"塞瑟说，"约西不是小孩子，他会从错误中学习。我来教他起跳。他能学会的。"

"塞瑟，您不知道，约西他患有学习障碍症。别的孩子一学就会的事，他都感到困难的。"

"我来教他,他听我的话。"塞瑟说,"您对孩子不会做的事担忧太多。"

约西的下一次比赛在两周以后。我看着他在起点站好,信号一发出,约西就一跃身跳下水去。他跳得准确、及时。比赛进行得很激烈,塞瑟站在终点等着孩子们,约西距第一名只有一秒之差。

我终于认识到了塞瑟教练的秘密:他对我的儿子充满信心。他相信他能学会,而且能从错误中总结经验,学会尚不知道的事。我呢?塞瑟的话回响在我的脑海:您对孩子不会做的事担忧太多。我对儿子缺乏信心,我只相信孩子不会做的事,而不相信他能学会做。

任何时候,我们都不要随便否定别人,每个人都有与生俱来的潜力,不要吝惜给予周围的人以信心,有时我们小小的鼓励也可以产生无穷的力量。

有一个人可以帮你

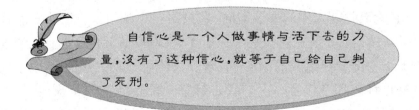

自信心是一个人做事情与活下去的力量,没有了这种信心,就等于自己给自己判了死刑。

一个经理,他把全部财产投资在一种小型制造业上。由于世界大战爆发,他无法取得他的工厂所需要的原料,因此只好宣告破产。金钱的丧失,使他大为沮丧,于是,他离开妻子儿女,成为了一名流浪汉。他对于这些损失无法忘怀,而且越来越难过。后来,他甚至想要跳湖自杀。

一个偶然的机会,他看到了一本名为《自信心》的书。这本书给他带来勇气和希望,他决定找到这本书的作者,请作者帮助他再度站起来。

当他找到作者,说完他的故事后,那位作者却对他说:"我已经以极大的兴趣听完了你的故事,我希望我能对你有所帮助,但事实上,我却没有能力帮助你。"

他的脸立刻变得苍白,他低下头,喃喃地说道:"这下子我完蛋了。"

作者停了几秒钟,然后说道:"虽然我没有办法帮助你,但我可以介绍你去见一个人,他可以协助你东山再起。"一听到这句话,流浪汉立刻跳了起来,抓住作者的手,说道:"求求你,请带我去见这个人。"

于是作者把他带到一面高大的镜子面前,用手指着镜子说:"我介绍的就是这个人。在这个世界上,只有这个人能够使你东山再起。除非你坐下来,彻底认识这个人,否则,你只能跳到密歇根湖里去。因为在你对这个人做充分的了解之前,对于你自己或这个世界来说,你都将是个没有任何价值的废物。"

他朝着镜子向前走了几步,用手摸摸他长满胡须的脸孔,对着镜子里的人从头到脚打量了几分钟,然后退几步,低下头,开始哭泣起来。

几天后,作者在街上碰见了这个人,几乎认不出他来了。他的步伐轻快有力,头抬得高高的。他从头到脚打扮一新,看来是很成功的样子。"那一天我进入你的办公室时,还只是一个流浪汉。但我对着镜子找到了我的自信。现在我找到了一份年薪3000美元的工作。我的老板先预支了一部分钱给我的家人。我现在又走上成功之路了。"他还风趣地说将再拜访那个作者一次,"我将带着一张签好字的支票,收款人是你,金额是空白的,由你填上数字。因为你介绍我认识了自己,幸好你要我站在那面大镜子前,把真正的我指给我看。"

自信心是一个人做事情与活下去的力量,没有了这种信心,就等于失去了生命的意义。

人应该首先从热爱自己开始，并相信自己是自己最好的救星。尽最大的努力，以坚忍不拔的毅力去奋斗，即便是再大的困境也能从容地走出来。

一个低智商的孩子

尽管你在一次又一次的智力竞赛中名落孙山，但在某一方面，你也许可以发挥你独有的、奇迹般的创造，使生活充满无尽的乐趣。

有些人总是过分重视智力测验，过于相信所谓"智商"，这不能不说是一大弊端。人的美好特质是多种多样的，怎能以一次智力测验定夺？尽管你在一次又一次的智力竞赛中名落孙山，但在某一方面，你也许可以发挥你独有的、奇迹般的创造，使生活充满无尽的乐趣。

加拿大少年琼尼·马汶的爸爸是木匠，妈妈是家庭主妇。这对夫妇节衣缩食，一点一点地在存钱，因为他们准备送儿子上大学。

马汶读高二年级时，一天，学校聘请的一位心理学家把这个16岁的少年叫到办公室，对他说：

"琼尼，我看过了你各学科的成绩和各项体格检查，对于你各方面的情况我都仔细研究过了。"

"我一直很用功的。"马汶插嘴道。

"问题就在这里，"心理学家说，"你一直很用功，但进步不大。高中

第七辑 后院为谁所有——自信篇

133

的课程看来你有点儿力不从心,再学下去,恐怕你就浪费时间了。"

孩子用双手捂住了脸:"那样我爸爸妈妈会难过的。他们一直巴望我上大学。"

心理学家用一只手抚摸着孩子的肩膀。"人们的才能各种各样,琼尼,"心理学家说,"工程师不识简谱,或者画家背不全九九表,这都是可能的。但每个人都有特长——你也不例外。终有一天,你会发现自己的特长。到那时,你就叫你爸爸妈妈骄傲了。"

马汶从此再没去上学。

那时城里活计难找。马汶替人整建园圃,修剪花草。因为勤勉,倒也忙碌。不久,雇主们开始注意到这小伙子的手艺,他们称他为"绿拇指"——因为凡经他修剪的花草无不出奇的繁茂美丽。他常常替人出主意,帮助人们把门前那点儿有限的空隙因地制宜精心装点;他对颜色的搭配更是行家,经他布设的花圃无不令人赏心悦目。

也许这就是机遇或机缘:一天,他凑巧进城,又凑巧来到市政厅后面,更凑巧的是一位市政参议员就在他眼前不远处。马汶注意到有一块污泥浊水、满是垃圾的场地,便上前向参议员鲁莽地问道:"先生,你是否能答应我把这个垃圾场改为花园?"

"市政厅缺这笔钱。"参议员说。

"我不要钱,"马汶说,"只要允许我办就行。"

参议员大为惊异,他从政以来,还不曾碰到过哪个人办事不要钱呢!他把这孩子带进了办公室。

马汶步出市政厅大门时,满面春风。他有权清理这块被长期搁置的垃圾场地了。

当天下午,他拿了几样工具,带上种子、肥料来到目的地。一位热心的朋友给他送来一些树苗,一些相熟的雇主请他到自己的花圃剪需要的玫瑰插枝,有的则提供篱笆用料。消息传到本城一家最大的家具厂,厂主立刻表示要免费承做公园里的条椅。

不久,这块泥泞的污秽场地就变成了一个美丽的公园,绿茸茸的草坪,幽静曲折的小径,人们在条椅上坐下来还听到鸟儿在唱歌——因为马汶也没有忘记给它们安家。

全城的人都在谈论,说一个年轻人办了一件了不起的事。这个小小的公园又是一个生动的展览橱窗,人们凭它看到了琼尼·马汶的才干,一致公认他是一个天生的风景园艺家。

这已经是 25 年前的事了。如今的琼尼·马汶已经是全国知名的风景园艺家。

不错,马汶至今没学会说法国话,也不懂拉丁文,微积分对他来说更是个未知数。但色彩和园艺是他的特长。他使渐已年迈的双亲感到了骄傲,这不光是因为他在事业上取得的成就,而且因为他能把人们的住处弄得无比舒适、漂亮——他工作到哪里,就把美带到哪里!

([美]F·奥斯勒)

　　成功没有固定的公式,每个成功的人所选择的方向、所坚持的道路、所处的位置都各不相同,选择自己的位置,确定自己的方向,是迈向成功的第一步。

父亲的忠告

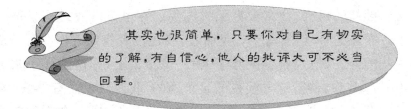

　　其实也很简单,只要你对自己有切实的了解,有自信心,他人的批评大可不必当回事。

　　大约在我 12 岁时,有个女孩子总是跟我过不去,她老是挑我的缺点,什么我讲话声音太大,我是皮包骨,我不是好学生,我是捣蛋鬼,我

骄傲自大……有一回,听完我的"控诉"后,爸爸平静地问道:"她所讲的这些是否都是事实?"

"差不多。但我想知道的是怎样回击她!它同是不是事实有什么关系?"

"玛丽亚,知道自己的真实情况难道有什么不好吗?你现在已经知道那个女孩子的看法,去把她所讲的一一写在纸上,在正确的地方标上记号,其他的则不必理会。"

遵照爸爸的话,我把那个女孩子的意见列在了纸上。我惊讶地发现,她所讲的差不多有一半是正确的。有一些缺点我无法改变,例如我特别瘦的身材;但是大多数我都能改,并愿意立即改掉它们。有生以来,我第一次对自己有了一个较为全面而清晰的认识。

升入中学后,有一天,同学们说好到附近的湖边去野炊。那天很阴冷,妈妈千叮万嘱,要我千万别下湖。可是,当别人下水时,不甘落后的我也穿上游泳衣,上了划艇。我最后划向岸边时,几个顽皮的男同学开始摇晃我的船,在要靠岸时,我的船翻了。为了不掉进水里,我一个大步想迈上岸去,却不料踩到了一个破瓶子,玻璃碴一直插到我脚跟的骨头上。

我被送进了医院。父亲来看我。我辩解说:"我所有的同学都认为下湖不会有什么问题。如果我老实在船里待着,就不会出事了。""但他们都错了!"爸爸语重心长地说,"你会发现世界上有不少人,他们自认为在对你负责。不要忽视他们的意见,但你只能吸收正确的,并努力去做你认为是正确的事情。"

在人生许多关键的时候,父亲的这个教导总是萦绕在我的耳边。由于一个偶然的机会,我来到好莱坞闯荡。在电影城我试遍了每一家制片厂。岁月流逝,转眼两年一晃而过,我还没有找到工作。有一位导演讨厌我的外表,他说:"你的脖子太长、鼻子太大,你这副样子永远演不了电影。"我想:倘若这导演说的是正确的,我对此也没有办法。对我的脖子和鼻子我又能怎样?可是,也许这意见并不对呢。我觉得应该继续用加倍的努力来赢取成功!后来,一位善良、聪慧,名叫杰罗姆·科恩的人,给了我所需要的正确意见。他对我说:"你应该学会用你自己的方法去演唱。"

　　我认真思索了科恩先生的话,觉得很对。它开始鼓舞着我,正像父亲常对我讲的那样。不久后,好莱坞夜总会宣布候补演员演出节目。同以往一样,"候补玛丽"又一次登台了。但这次,我再不试图模仿别人,我决心做真正的自己。我不想施展所谓的魅力,而只是穿上一件普通的镶有黑边的白罩衫,用我在得克萨斯学到的唱法放开喉咙歌唱。我终于成功了,终于找到了梦寐以求的工作。

　　怎样对待他人的批评,这可是一门大学问。但丁说:走自己的路,让他人去说吧。其实也很简单,只要你对自己有切实的了解,有自信心,他人的批评大可不必当回事。

品德悟语

　　　每个人都有自己看待生活的角度和方法,所以我们不必太计较别人的眼光,我们只有用属于自己的方式来享受生活,内心才会得到快乐!

每个人的思想和境况是不一样的，你的判断和他人的判断甚至会有天壤之别，请给予他足够的理解和尊重吧，不要干扰别人的思维，这样才会得到别人的喜爱。

他失明，他不失败——自强篇

培 养 小 学 生 好 品 德 的 100 个 故 事

这个世界没有绝对失败，只有暂时停止成功。编著《国语》的左丘明失明了，但他没有失败；贝多芬失聪了，但他没有失败。一个人最大的敌人就是你自己，如果你失去了生气，失去了野心和渴望，那你就真的失败了。

成功者永不放弃，放弃者决不成功。这就是成功的秘诀。你有见过放弃的成功者吗？你有见过哪一个坚持的人不成功吗？没有人能真正打败你，除非你自己先倒下了。

梦想如鸡蛋，如果不及时孵化，就会腐变

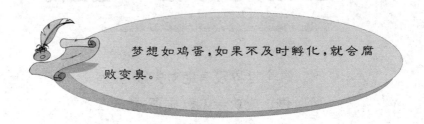

梦想如鸡蛋，如果不及时孵化，就会腐败变臭。

读大学时，吉娜是学校艺术团的歌剧演员，参加了一次校际演讲比赛。她演讲的题目是《璀璨的梦想》。她在演讲中说："大学毕业以后，先去欧洲旅游一年，增加自己的阅历，然后到纽约百老汇发展，实现自己成为一名优秀演员的梦想……"她声情并茂的演讲，卓尔不群的风度，赢得了所有师生的多次喝彩，并一举夺魁。

当天下午，吉娜的心理学老师找到她，对她说："你是一个很有才华、很有发展潜力的学生。"紧接着就提了一个尖锐的问题："你现在就去百老汇，跟毕业一年以后去究竟有什么差别？"吉娜仔细一想："是呀，大学生活并不能帮我争取到在百老汇的工作机会。应该先去试一试。即使失败了，我还可以返回学校继续学习。"于是，吉娜决定，一年之后就去百老汇闯荡，而不是等到毕业一年以后再去。

这时，老师又问道："你现在就去跟一年以后去究竟有什么不同？"吉娜思考了一会儿，对老师说："那下学期就出发。"老师紧追不舍地问："你现在就去跟下学期去究竟有什么不一样？"吉娜简直有些眩晕了，想想百老汇金碧辉煌的舞台，想想在睡梦中萦绕不绝的红舞鞋……她终于决定下个月就前往百老汇。老师乘胜追击地问："你现在就去跟一个月以后去究竟有什么两样？"吉娜激动不已，便情不自禁地说："好，给我一个星期的时间准备一下，我很快就出发。"老师步步紧

逼:"所有的生活用品在百老汇都能买到,你现在就去跟一个星期以后去究竟有什么区别?"吉娜终于热泪盈眶地说:"好,我明天就去。"老师赞许地点点头,说:"好!我已经帮你订好了明天的机票。有个朋友告诉我,百老汇正在招聘演员,你不要错过这次机会。"同时,老师还送给她一个精美的笔记本,并在扉页上写下了一段赠言。

第二天,吉娜就飞赴全世界最著名的艺术殿堂——美国百老汇。

如今,安东尼·吉娜早已成为美国纽约百老汇极负盛名的演员。不久前,她在美国电视台著名的脱口秀节目《快乐说》中,向观众展示了吉娜珍藏多年的笔记本,就是心理学老师在她到百老汇之前送给她的那个精美笔记本,并朗读了老师在扉页上写下的赠言:梦想如鸡蛋,如果不及时孵化,就会腐败变臭。

(蒋光宇)

品德悟语

　　人生最昂贵的代价之一就是:凡事等待明天。明天永远都不会来,因为来的时候已经是今天,只有立即行动才会让我们的梦想变成现实。

求助自己

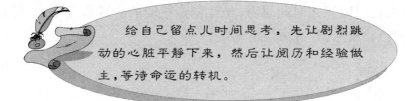

给自己留点儿时间思考,先让剧烈跳动的心脏平静下来,然后让阅历和经验做主,等待命运的转机。

　　一位技艺高超的走钢丝的演员准备给观众带来一场没有保险带

的表演,而且钢丝的高度是 16 米。海报贴出后,立即引来了大批观众。他们都想知道这位演员如何在没有保护的情况下,从容自如地在细细的钢丝上完成一系列的高难度动作。

演出那天,观众黑压压地坐满了整个表演场。他一出场,就引来全场观众热烈的掌声。他开始走向钢丝,钢丝微微抖着,但他的身体像一块磁石一样黏在钢丝上。一米、二米……抬脚、转身、倒走……动作如行云流水。助手站在钢丝的一端紧张而又欣赏地看着他,暗暗为他加油。

突然,他停止了表演,停止了所有动作。刚才还兴奋的观众马上被他的动作吸引住了,认为他有更为惊险的动作,整个表演场地马上平静下来。但助手觉得这极不正常,马上意识到他可能遇上了麻烦。钢丝越来越抖,他竭力平衡自己的身体,助手的额头也渗出了细密的冷汗。经验丰富的助手知道此刻不能向他问话,否则会使他分心,导致难以想象的后果。

时间一秒一秒地过去了, 突然他开始向钢丝另一头走了一步,然后动作又恢复了正常。他很快表演完了,从云梯上回到地面,人们发现他的眼睛血红,好像还有泪痕,演员们全都围了过来。他在找他的助手,助手从远处跑来,他一把抱住了助手说:"兄弟,谢谢你。亲爱的兄弟,这是魔鬼的恶作剧,一阵微风,吹下了屋顶的灰尘,掉入了我的眼睛,我在 16 米高空中'失明'了。我对自己说:我应该坚持,我在心中一秒一秒地数着,就在刹那之间,我感觉到泪水来了,这是我救命的圣水,很快把灰尘冲了出来。但是,如果你那时候唤我一声,我肯定会分心或者依赖你,但这样做谁都不知道后果是什么?"

这个故事告诉我们,生活中不管发生了何种变故,我们都不应该急躁,给自己留点儿时间思考,先让剧烈跳动的心脏平静下来,然后让阅历和经验做主,等待命运的转机。

(王文华)

品德悟语

生活中难免会碰到各种各样的挫折和磨难,虽然可以得到亲友的支持,但要能战胜这些困难,最终还是要靠自己的自信和坚定。

丑陋的声音

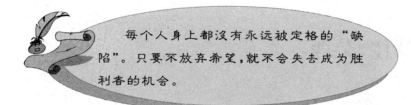

每个人身上都没有永远被定格的"缺陷"。只要不放弃希望,就不会失去成为胜利者的机会。

一位日本女孩,自小就嗓音沙哑,同龄人都因她"丑陋的声音"而不愿与她交朋友。但这个女孩从未因此而郁郁寡欢,她一直积极而快乐地寻找着每一个展示自己的机会。

终于有一天,她争取到了参加一个社团演出的机会。那次,日本著名的漫画家藤子不二雄恰好观看了这位女孩出演的话剧,女孩特异的声音立刻吸引了他。此时他正为筹拍中的卡通片《机器猫》中的主人公物色一名配音演员,而这位有着沙哑嗓音的女孩却让他如获至宝。女孩果然不负众望,她魅力无限的独特声音伴着卡通片像长了翅膀一样,飞遍了世界各地。她成为了家喻户晓及孩童们争相模仿的天才配音演员。

这个女孩"丑陋的声音"不仅征服了世界,更让人看到了希望的力量。其实,每个人身上都没有永远被定格的"缺陷"。只要不放弃希望,就不会失去成为胜利者的机会。

(宋以民)

品德悟语

世界上没有一无是处的人,每个人都有自己的价值体现,我们只需要一个合适的位置;就像一块煤,其貌不扬,只要把它放在火炉中,它就能散发自己的光和热。

坚持住,朵西

生活中人人都是守门员,我们的大门经常被攻破,我们浑身污泥油水,而对手频频得分。但只要坚持住,我们都是胜利者。

　　周五下班,我路过一个社区公园。一群四五岁的小女孩正在那儿进行足球赛。连日阴雨,球场泥泞不堪,但孩子们踢得兴致勃勃。场外站满了观众,我也驻足观看。两队实力相当,各有三个技术较好的主力,其他队员都跌跌撞撞,踢得毫无章法,不是被球绊倒,就是把球误传给对手。

　　上半场双方都没得分。下半场,红队教练换下了两个主力,只留下一个主力守门。蓝队的三个主力还留在场上。实力对比明显改变了,蓝队频频攻入禁区,三个主力对红队大门轮番轰炸。

　　红队的小守门员是个不错的运动员,但她毕竟不是蓝队三个主力的对手。蓝队接连进了两个球。孤独的红队守门员尖叫、奔跑、冲击,竭尽全力抵抗着。她截住对方前锋,但对手把球传给另外一个主力。小守门员返身扑救,太晚了,蓝队又一次射门成功。

我离球门很近,能清楚地看到小女孩脸上绝望的神情,她发现自己无法抵御对手,她想放弃。女孩的父母就站在我身边,那位父亲显然是一下班就径直赶来的,西装、领带、皮鞋都还没来得及换下。他不断地向女儿喊着:"朵西,没关系! 坚持住! "

　　蓝队攻入第四个球时,我所担心的事发生了。朵西跪在地上哭了起来,大滴无助、绝望的眼泪砸在每个人的心里,"咚咚"作响。朵西的父亲再也忍不住了,大步向女儿走去。穿着西装,打着领带,他就这样走进了球场,锃亮的皮鞋全被淤泥覆盖了。当着全场观众,他抱起满身泥水的小朵西。我听见他说:"朵西,我为你骄傲,你踢得真棒! 我想让所有人都知道你是我的孩子。"

　　小女孩哭着说:"爸爸,我挡不住她们,她们进了 4 个球。"

　　"宝贝儿,只要你坚持下来,无论她们进多少个球,我都为你骄傲。去把球踢完,她们还会进球的,但是一点儿也没关系,我们知道你是最棒的。"说完他放下女儿,回到场外。朵西的态度变了,她不再担心比分,重新感受到了踢球的乐趣。蓝队又得了 2 分,但朵西把球还给裁判后,立刻精神饱满地跑回岗位站好,等着比赛继续进行。

　　生活中人人都是守门员,我们的大门经常被攻破,我们浑身污泥浊水,而对手频频得分。但只要坚持住,我们都是胜利者,因为爱我们的人不会在意,他们永远会为我们骄傲。

(王　简)

品德悟语

　　把每一件平凡的事情做好就是不平凡,把每一件简单的事情做好就是不简单。无数成功者都是从一点一滴的基础工作做起,靠水滴石穿的耐力和坚忍不拔的毅力实现的。

向上帝借一双手

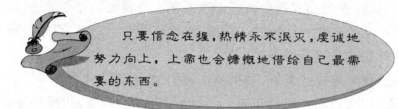

只要信念在握，热情永不泯灭，虔诚地努力向上，上帝也会慷慨地借给自己最需要的东西。

在 20 世纪 50 年代朝鲜战场上的一次惨烈的阻击战中，二十多岁的他永远地失去了双手，下肢从小腿以下也都被截去，特残的他变成了一个"肉骨碌"，住进了荣军院。

看到自己成了处处需要照顾的"废人"，他心情极为沮丧，绝望得他几次企图自杀都没成功——那时，他连自杀的能力都没了。

后来，在别人的讲述中、在影视作品中，他认识了奥斯特洛夫斯基、海伦·凯勒、吴运铎等一些中外钢铁战士，他们在残酷的命运面前那永不折弯的坚韧品性，深深地震撼了一度迷茫的他——原来，生命的硬度远在钢铁之上啊。

于是，他开始近乎自虐般地学习生活自理，在常人难以想象的跌跌撞撞中，他终于学会了照顾自己生活起居的本领，并毅然地告别了他完全有理由享受安逸的荣军院，回到了当时还很贫穷的沂蒙山老家。

不满足于能够做到生活自理的他，又拖着残躯，无数次的山上沟下的摔打，带领着乡亲们开山修路、架桥引水、种树建果园……直到贫困的山村真正地富裕起来，他这个无手的村支书一当就是三十多年，当得乡亲们无比敬佩。

从村支书的位置上退下来后，不甘寂寞的他，为给后代留一份精神遗产，又开始艰难地写书——他用嘴咬着笔写字，用残臂夹着笔写字，用嘴、脸和残臂配合笨拙地翻字典。写上几十个字，都要累得他浑身是汗。

从未上过学的他，仅仅在荣军院的习字班里学会了几百个字，虽说他后来一直在坚持读书看报，但文学素养几近于零。很多人都不相信他以那样的文化功底、他那样的身体条件，还能够写作，许多知情者劝他别自讨苦吃了，可他写作的信心毫不动摇，他硬是花了三年多的时间，七易其稿，写成了连著名军旅作家李存葆都惊叹的撼人心魄的三十多万字的小说——《极限人生》。

他就是中国当代的保尔·柯察金——特残军人朱彦夫。

就像他的那部小说的名字一样，朱彦夫打破了人生的许多极限，创造了生命耀眼的辉煌。没有双手、双腿残疾、视力仅有 0.25 的他，硬是凭着顽强自立、自强的渴望，凭着挑战命运的坚忍不拔的执著毅力，感动了上帝，从上帝那里借来了一双书写奇迹的手，留下了人生熠熠闪光的一页。

其实，谁都可以像朱彦夫那样，只要信念在握，热情永不泯灭，虔诚地努力向上，上帝也会慷慨地借给自己最需要的东西，让自己无憾地拥有渴望的一切。

（崔修建）

品德悟语

生活不会随意抛弃任何一个人，即便是在我们一无所有、孤立无援的时候，只要我们还拥有坚定的信念，自强不息，努力前行，生活仍然会给我们一个重新站起来的机会。

没有借口

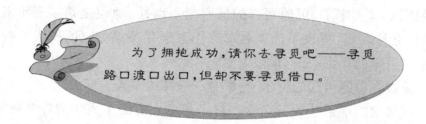

为了拥抱成功,请你去寻觅吧——寻觅路口渡口出口,但却不要寻觅借口。

　　每年 8 月份,我所在的学校都要迎来一些高考落榜的考生。他们是来复读的,我们常戏称之为"高四学生"。登记高考分数的时候,他们往往在讲出一个羞于开口的数字之后适时补充一句:今年没考好。每逢听他们这样讲,我都忍不住追问一声:为什么?答案五花八门:自己病了;家人病了;心情很糟;知了太吵;天气太热;不许如厕;笔是假货(高考答题卡限用正宗 2B 铅笔填涂)……我知道了,在这些落榜考生的眼里,自己是世上最值得怜惜的人,由于"瞎了眼"的命运女神的无情捉弄,才使得他们与一个本应兑现的梦失之交臂。

　　失败无疑是一件让人疼痛的事,但我们聪明地发明了一种镇痛的良药——为失败找一个借口。小时候跌倒了,妈妈说:"宝贝不哭,妈妈给你打这块破地,打这双坏鞋。"就这样,我们的脚成了得意的功臣。大概就是从那个时候起,我们明白了有一种推卸很受用,有一种解脱很愉悦。于是,当那种椎心的病再次袭来时,我们便乖巧地闪身,避进一个叫做"借口"的硬壳里,就像寄居蟹避进螺壳中,在一方安谧的天地中冷眼观瞧恶浪又掀翻了谁人的绮想。

　　有一个故事,可以用来嘲笑那擅长为自己编造借口的人:有这么一位仁兄,他天天到湖边去钓鱼。但不知什么缘故,他总也钓不到大鱼。钓友们讥笑他道：你闯进幼稚园里去了吧？他脸孔红红，却梗着脖子讲出了一个让人绝倒的缘由——你们懂什么！我家只有一口小锅，如何能煮得下大鱼哩！

哲人说：成功的路上尽是失败者。但我以为，那些失败者必有一种共同的素质——正视失败。正视失败就是不惧怕展览愚蠢，把生命中每一个致败的"蠢细胞"都展览到光天化日之下，不让它藏匿，不让它躲闪。命运举起皮鞭的时候，就让血肉之躯去承受，没有永远的螺壳做我们终身的避难所，让皮裂开，让肉绽开，让血淌下，让舌尖一点点舔着那镂骨的腥咸，告诉自己：承受疼痛是为了作别疼痛，承认失败是为了永诀失败。为了拥抱成功，请你去寻觅吧——寻觅路口渡口出口，但却不要寻觅借口。

（张丽钧）

品德悟语

　　成功，我们只需要找一个方法，而失败我们却要找很多理由来搪塞。学会承担责任，学会寻找成功的方法，我们的人生道路将是一片辉煌。

第八辑　他失明，他不失败——自强篇

生命的价值

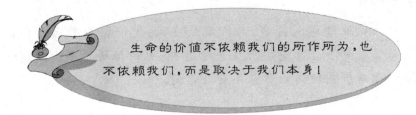

生命的价值不依赖我们的所作所为，也不依赖我们，而是取决于我们本身！

我们每个人都有每个人的价值，不要去羡慕那些并不属于我们的光环。

在一次讨论会上，著名作家马克·吐温没讲一句开场白，手里却高举着一张20美元的钞票。面对会议室里的200个人，他问："谁要这20美元？"

一只只手举了起来。

马克·吐温接着说："我打算把这20美元送给你们中的一位，但在这之前，请准许我做一件事。"他说着将钞票揉成一团，然后问："谁还要？"

仍有人举起手来。

马克·吐温又说："那么，假如我这样做又会怎么样呢？"他把钞票扔到地上，又踏上一只脚，并且用脚碾它。尔后他拾起钞票，钞票已变得又脏又皱。

"现在谁还要？"

还是有人举起手来。

"朋友们，你们已经上了一堂很有意义的课。无论我如何对待那张钞票，你们还是想要它，因为它并没贬值，它依旧值20美元。人生路上，我们会无数次被自己的决定或碰到的逆境击倒、欺凌，甚至碾得粉身碎骨。我们觉得自己似乎一文不值。但无论发生什么、或将来要发生什么，在上帝的眼中，你们永远不会丧失价值。在他们看来，肮脏或洁净，衣着齐整或不齐整，你们依然是无价之宝。生命的价值不依赖我们的所作所为，也不依赖我们，而是取决于我们本身！你们是独特的，永远不要忘记这一点！"

品德悟语

无论玻璃怎么打磨，它仍旧是玻璃；无论钻石怎么暗淡，它依旧是钻石。无论经历了多少磨难，无论经历了多少坎坷，坚强而有价值的内心都是不会贬值的。

请尊重自己的价值

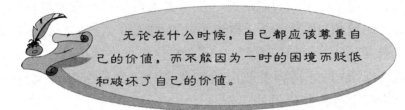

无论在什么时候，自己都应该尊重自己的价值，而不能因为一时的困境而贬低和破坏了自己的价值。

唯有懂得尊重自己的价值的人，才能真正得到社会的尊重！

在一个聚会上，一个在德国汉堡定居的老朋友给我讲起了他的一次颇有意思的求职经历。

去年，他在德国留学毕业后，开始四处求职，期望着能尽快地找到一份正式的工作，以图安定。但汉堡的就业形势并不容乐观，加之他也刚刚毕业，缺乏工作经验，所以一直没有找到一份认为合适的工作。

直到三个月后，他开始心灰意冷，委曲求全，凭着自己的二级建筑装饰设计师的证书和资质，被一家私人的小建筑装饰设计企业接纳了。

那家私人企业的规模很小，能给他的工资也相对偏低一点儿，月薪只有 2800 欧元，但他已经很知足了，毕竟得来不易，于是他就很安心地工作起来。

可刚工作了一周，工会的人就找到了他，开始咨询他的工资问题，他如实地回答了。末了，工会的工作人员提醒他说："李先生，按工会和政府规定，像您这样的二级建筑装饰设计师应该得到 3500 欧元的月薪。"

但他笑着回答说："感谢你们的关心，我现在完全可以接受这个偏低的工资了，我需要这份工作。"

说完，工会的工作人员一脸失望地走了。

可是就在第二天，政府部门的工作人员居然也来了，并没有约他，而是直接找到了他所在的私人公司的老总，希望公司能给他将工资升到政府规定的 3500 欧元。因为政府认定这样做是不遵守国家法律的，违反人权，违背了一个二级建筑装饰设计师的真实劳动价值。

最后，单位的老总表示无法满足这个要求，只好把他给解雇了，弄得他哭笑不得。而工会和政府的一位负责人员还很严肃地提醒他："请您尊重您的价值，因为它已经得到了社会的认可。当你贬低或破坏您的价值时，就等于贬低或破坏整个行业在这个社会的价值。"

就这样，他只好再领着政府的失业金过了好长一段时间，直到找到另一份符合身份和价值的工作。

朋友最后还是说自己对这可爱的政府干涉至今仍然十分感动，因为他们让他清醒地认识到了自己的价值，让他找回了自信，更让他明白了另一个道理：无论在什么时候，自己都应该尊重自己的价值，而不能因为一时的困境而贬低和破坏了自己的价值。因为你的破坏之举，将伤害到整个行业的价值乃至社会的规则。

有时候，我们需要想想自己到底值多少，不要太贬低自己。如果你认为你的价值在这样的一个层次，那么请你尊重它，不要认为你降低了层次会生活得更自如，那是错误的，更是懦弱的表现！

不要成为卑贱的人

最终，他达成了自己的愿望，成了一个令人尊敬的高尚的人。

歌德小时候一直不爱学习。他的父亲想尽了一切办法也不能让他归于正道。无论采用何种方式，小歌德仍然成天无所事事。为此，小歌德不知遭到了多少次的责骂，挨了多少打。

一次偶然的机会，歌德的父亲见到了著名的人类学家福斯贝特·库勒。由于库勒博士非常热衷于教育，便对歌德父亲讲述了许多名人的教育情况。

库勒博士讲述的事情使歌德父亲深受启发，回家后便改变了对待儿子的态度，并动用了全新的教育方法。

他不再要求小歌德完全服从他的意愿，而是常常向他讲述历史上那些伟人的事迹，并告诉他伟人们在小时候都是热爱学习的孩子。就这样，小歌德对学习有了新的认识，在他的心目中形成了热爱学习与崇高、伟大相关联的概念。

有一天，歌德的父亲正在与友人谈论一个他们不久之前遇到过的一个流浪汉。当他发现小歌德就在不远处玩耍时，便故意提高了说话的声音。

他大声说道："听说那个流浪汉从小就不爱学习，整天游手好闲，他以为不学知识照样能生活得很好。没想到，当他长大后想为自己找个出路,可已经太晚了。因为他什么都不懂,什么都不会,只能成为一个靠乞讨生活的卑贱的人。"

小歌德听到了父亲的话,突然感到了一种以前从未有过的震动。他想:"我应该做高尚的人还是卑贱的人呢?"

显然,小歌德愿意做一个高尚的人,因为第二天,小歌德表现出了以往从未有过的举动。他主动要求父亲教他学习知识,并不顾一切地拼命学习起来。

从那以后,刻苦的学习始终伴随着歌德的一生。

最终,他达成了自己的愿望,成了一个令人尊敬的高尚的人。

品德悟语

不想做将军的士兵不是好士兵,自我贬低的人,社会也会毫不留情地把他抛弃。真正的伟人从不自视伟大,但也没有哪个伟人愿意把自己看成卑贱的人。志存高远,才能展翅翱翔。

人格的尊严

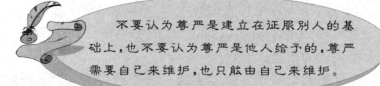

不要认为尊严是建立在征服别人的基础上,也不要认为尊严是他人给予的,尊严需要自己来维护,也只能由自己来维护。

人们要在生活中活得体面必须拥有独立的尊严。不要认为尊严是建立在征服别人的基础上,也不要认为尊严是他人给予的,尊严需要自己来维护,也只能由自己来维护。

有一天,英国诗人帕克和几位贵妇人乘坐游艇,泛舟泰晤士河上。他吹着长笛,尽量逗那些贵妇人开心。这时,游艇后面不太远的地方,有只被军官们占用的船。当帕克看到那只官船向游艇靠近时,他就不吹长笛了。于是军官中有人问他,为什么他要把长笛收进口袋里不吹了。

"我把长笛放进口袋里,正如我把它从口袋里拿出来是同样的理由——都是为了使自己高兴。"帕克回答说。

那位军官怒气冲冲地威胁说,要是他不立刻把他的长笛再掏出来吹,那就不客气了,要把他扔进河里。帕克怕吓着那些贵妇人,便尽可能地逆来顺受,忍气吞声地拿出他那长笛来。只要对方的船还在河上,他就一个劲儿直吹。

傍晚时分了,他看到那个曾经对他粗暴无礼的军官独自一个人在伦敦附近一个偏僻的地方走着,便朝那军官走去,冷冰冰地说:

"今天,我是为了使我的同伴和你的同伴避免引起烦恼,才服从你那傲慢的命令的,现在为了使你真正相信,一个普普通通的人,也会像一个披着军服的人那样有勇气。明天一早,就在此地,希望你能来,我们就干一场吧,但是不要有别人在场。干仗只在我们之间进行。"

帕克还进一步决定,他们之间的分歧,只能靠手中剑来解决。那个军官完全同意了这些条件。

第二天早晨,这两个决斗者在约好的时间里,在指定的地方碰面了。军官正准备走向决斗的位置上。就在那个时候,帕克举枪瞄准了他。

"干什么!"军官说,"你想暗杀我吗?"

"不是的!"帕克说,"不过,你得在这儿跳一分钟的舞。否则,你就会是一个死人了。"

([英]A·帕克)

品德悟语

敬人者,人恒敬之。要想得到别人的尊重,就必须先尊重别人。人与人的关系是相互作用的,表面的征服就像镜中花一样不真实,最终只会镜破梦醒,伤及自己。

狠心的电报

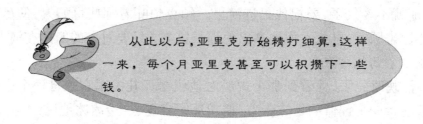

从此以后，亚里克开始精打细算，这样一来，每个月亚里克甚至可以积攒下一些钱。

亚里克刚上大学时，爸爸和他约定：每月15号给亚里克寄500美元的生活费。

亚里克用钱既无计划也不节制，三天两头与同学到校园餐馆挥霍。结果第一个月还没过完，亚里克的口袋里就只剩下几个钢镚儿丁当响了。第一个月，爸爸容忍了儿子的无节制做法，提前把第二个月的生活费寄了过来。然而，亚里克却不知悔改，第二个月、第三个月还是一如既往。

终于，在离第四个月的收款日还遥遥无期的时候，亚里克又捉襟见肘，身无分文了。

万般无奈之下，亚里克只好拍了一封电报回家，内容简单明了："爸爸，我饿坏了。"爸爸很快回了电报，也非常简短："孩子，饿着吧。"

生活真是太奇妙了。在那之后，只有20美元的10天里，亚里克绞尽脑汁节衣缩食，出手之前必会细细打算，竟然也把艰难的日子熬过去了。

从此以后，亚里克开始精打细算，并且发现，其实只要稍稍节制一下不必要的支出，每月400美元生活费就足够了。这样一来，每月亚里克甚至可以积攒下一些钱。

亚里克用这些钱买了许多自己喜欢的书、磁带、唱片,做了一些比如旅游、捐款等有意义的事情,当然他也没有忘记偶尔和朋友们到餐馆聚聚。

亚里克的大学生活比以前过得充实多了。

品德悟语

　　如果你养成了勤俭节约的好习惯,那么就意味着你拥有了良好的品德,意味着你已经有一定的生活能力。那么,成功离你还会远吗?

带刺的玫瑰

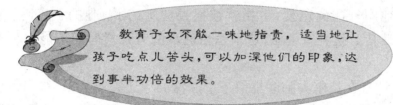

教育子女不能一味地指责,适当地让孩子吃点儿苦头,可以加深他们的印象,达到事半功倍的效果。

教育子女不能一味地指责,适当地让孩子吃点儿苦头,可以加深他们的印象,达到事半功倍的效果。

拉尔夫·维克有 7 岁大了。在大多数事情上他是一个很好的孩子,但是他特别爱哭。他若得不到他想要的东西,就会哭着说:"我要得到它。"假如有人不能满足他的要求,他会因此而苦恼,进而哭泣得更厉害。

一天,他和母亲去田野里劳动。阳光照耀,花儿开得非常艳丽。

这一次，拉尔夫决心做一个好孩子。他的脸上布满了微笑，他希望像自己许诺的那样去做。他说："妈妈，我现在很好，我愿意听你的吩咐。让我扔干草吧。"

"那好吧。"他妈妈回答。于是他们开始扔干草，正像拉尔夫所期望的，他卖力地工作着，虽然很辛苦，但他为此感到非常快乐。

"你现在肯定累了吧，"他妈妈说，"在这儿坐一会儿，我会送给你一枝漂亮的红玫瑰。"

"噢，妈妈，我想要一枝。"拉尔夫说。于是他母亲拿来一枝红玫瑰给了他。

"谢谢你，妈妈！"拉尔夫非常喜欢这枝花，不住地把玩着，还不时深深吸几下醉人的香气。但他看到妈妈手上还有一枝白色的玫瑰花，那枝白色的似乎更加娇艳美丽，于是央求妈妈："妈妈，请把那枝白色的给我行吗？"

"不，亲爱的，"他妈妈说，"看见它枝上有很多刺了吗？你不要摸它。假如你不小心，你的手一定会被弄伤的。"

当拉尔夫意识到自己无法得到那枝白玫瑰时，便大喊大叫起来，而且还伸手去抓。但是他马上就后悔了，因为那枝玫瑰上的刺非常厉害，他刚一碰到花梗，手指就被狠狠地刺伤了。他的手感到十分疼痛，而且马上就流出了血，这下恐怕他真的有一段时间不能用手抓东西了。

这件事在拉尔夫脑海里留下了深深的印迹。自那以后，当他想要他不该要的东西时，他母亲就会指着他受伤的手，提醒他不要忘记那次深刻的教训，他也最终学会了做他该做的事情。

（[美]麦加菲）

品德悟语

人一旦有了私欲，就总想占有不属于自己的东西，于是世界上才有了纷争，才有了伤害。人应该要知足，要善良，不要被自己的贪心蒙蔽了美丽的心灵。

忘带的作业

妈妈最后说:"你现在再想一想,如果我把作业给你送去,你不是就学不到这些东西了吗?"

安娜去学校的时候忘了带作业,而老师无数次地强调同学们要按时交作业。

安娜给妈妈打电话,让妈妈把作业送到学校。妈妈说:"我不能去送,最好你自己回来拿。"安娜开始感到很失望,警告妈妈,学校的老师可能会说妈妈对孩子太不负责任。但是安娜的妈妈这时对自己所谓的责任并不感兴趣,她所感兴趣的是如何让安娜从亲身经历中获得责任感,学会对自己负责,对自己的行为负责。她告诉学校老师,希望安娜能够自己回家拿作业。

安娜有点儿恼火,觉得妈妈一点儿也不通情达理,居然在危急关头让自己走回家拿作业,这样准会耽误课程,老师会生气的。但妈妈不后退,坚持安娜自己回家取作业。妈妈把作业放在门口,然后,自己开始打扫房间,安娜回到家里想和妈妈吵一架,想使妈妈知道她很恼火,然后希望妈妈能开车送她回学校。不料妈妈根本就不理会她的挑衅,只是若无其事地说:"宝贝,我忙着呢,你现在先回学校,交上作业。我们以后再讨论这件事情。"

放学后,妈妈知道安娜已经不在火头上了,她耐心地听安娜述说,她在同学和老师面前感到很窘,因为妈妈不去给她送作业,她还得自己回来拿。妈妈问安娜："我很爱你,宝贝,你知道吗?"安娜承认这点,妈妈又说："我这样做是为了你好,你知道吗?"安娜赌气地说："我忘了带作业,你又不肯送去,我想你是不把我当回事。"妈妈又说："孩子,让我们来看一看,你为什么忘了带作业?"安娜回答道："我慌慌张张地赶校车,就忘了。"妈妈接着说："你忘了带作业,感觉不是太好,对吗?那么你从今天的事情中学到了什么没有?"安娜想了想,回答道："我想,我下次会把作业先放到书包里去。"妈妈接着提示她："还有没有别的办法?"安娜又想了一会儿,说："我可以在闹钟一响就起床,不至于那么紧张。"妈妈最后说："你现在再想一想,如果我把作业给你送去,你不是就学不到这些东西了吗?"

安娜惭愧地点了点头。

  我们每个人来到这个世界都要学会自立,不依赖别人。因为自立是人在社会上的立足之本,所以只有学会自立,才能在这个充满竞争的社会上生存下去。